Seba・蝴蝶

Seba・蝴蝶

蝴蝶館 84

殿下的日常

蝴蝶*Seba*◎著

elegantbooks

目次

殿下的日常

寫在前面：

純屬虛構，如有雷同悉為巧合。

之一　愚蠢的凡人

一個頗為時髦的少女，生疏的拿起案上的筊，用摔鐵餅的力道，導致一隻筊杯飛出廟門。

真的再也看不下去了。

她深深吸了一口氣，盡量和藹的說，「不是這樣的喔。」

時髦少女大吃一驚，「怎麼這裡有人?!嚇死人了，人嚇人嚇死人知不知道？」

——恁祖媽很不想出來嚇妳好嗎？若不是妳太蠢恁祖媽並不想現真身好嗎?!

她狠狠地吞嚥一口氣，口氣溫和（勉強），「想求筊是嗎？要先跟神明說明妳的姓名和出生年月日，所求何事，這樣神明才有辦法辦理喔。」

時髦少女很懷疑，「神不是全知全能的嗎？還要這麼麻煩喔？」

——號稱全知全能的是某個姓耶的外國神好嗎？據我所知他本人並沒有號稱自己

全知全能啊!!妳要追究這個，先去追究他的徒子徒孫好嗎?!

「這是標準SOP。」她的語氣有些冷了，「還有，別那麼用力摔筊杯，妳賠不起的。」

時髦少女不爽了，「妳那麼凶幹嘛？妳家的喔？妳又知道賠不起了？」

再也忍耐不住了。她將手移到腰際……一個小女孩撲到她後腰，「忍耐啊！拜託！殿下不要！」

她終究沒將腰刀抽出來。而是做了幾個深呼吸，露出一個過度燦爛的笑容，「沒錯，是我家的。我、我……廟公是我阿爸。」

——反正這個廟現在沒有廟公。

時髦少女表情有點不自然，「喔，是喔。」有些僵硬的報姓名住址，殿下卻越聽越不對。

地址明明是一串英文。

「等等。」殿下阻止了她，「這地址？到底是哪裡？」

時髦少女開始不耐煩了，「San Francisco」。

「說、中、文。」殿下眼睛快要冒火了。

「舊金山啊！連舊金山都不知道？」

——來台灣中部的一個小廟，投訴隔一個太平洋的什麼舊金山某處鬧鬼?!妳知道那不在轄區內嗎?!妳知道要辦這事需要多少行文和口水官司嗎?!

但殿下還是忍耐了。「……那可能要隔幾天才行喔。因為神明得先去調查一下，地方有點遠……妳三天後再來擲筊吧。」

「什麼嘛，需要這麼久？你們家這個神是鴿子封包啊？人家上帝都是即時的。」

——這是什麼語氣？一副「急，在線等」？作業都不需要時間的嗎？鴿子封包妳妹啊！還有，妳幹嘛不求上帝？還不是上帝公不管這種事情妳才跑來求我們的？

殿下深呼吸，語氣盡量和藹，「我們廟小，如果想要處理得快點，或許找地方公廟比較快………」

「爛死了！該不會是假的吧？」時髦少女將筊杯粗魯的一丟，「難怪人家都說廟裡都是鬼啦，我瘋了才跑來拜拜！果然是落後的迷信！」非常酷的轉身就走。

——不是謗佛者死，謗神者也是罪該萬死！

殿下的憤怒導致了範圍極小的雷陣雨，雷霆閃電聲勢浩大，最後還是沒劈死半個人。

——妳該感謝這已經不是一千五百年前了。我的脾氣也好得太多。

「昭、昭殿下……？」小女孩小心翼翼的喊。

「嗯，我沒事。」殿下面籠寒冰，「文房四寶伺候。」

她將所有怒氣都發洩在寫信上。有交情的沒交情的寫了一大堆信，保證那位時髦少女在台期間的所有訴求都不受理。

廟裡的都是鬼不是嗎？她不會有事的。她若是對上帝沒有信心，可以改信伊斯蘭教，聽說他們的神很罩。

這是中部很小的一間廟。說受重視，卻是鐵皮屋頂，面積只有十幾坪。說不受重視，香火不斷，信徒不多，卻都很愛惜的修繕打掃。

原本這是個只有二十多戶的小村莊。但是都更一到，村莊消失，蓋起了公寓和大樓。村民也沒因此致富……畢竟是市郊，最終也沒發展起來，反而失去了耕地後，必須奔波謀生。

原村莊信仰的「娘娘」，能夠有個棲身之地已經太好，不能要求更多了。所以已經三十多年沒建大醮了，一來沒錢，二來連抬轎的轎班都湊不齊。

但這也沒什麼。這個角頭小廟還是庇佑這個小小的村莊。

雖然村民一直沒搞清楚自己拜的是誰，進來稱「觀音媽」有之，稱「媽祖」有之，連「天上聖母」都喊過呢……沒問題的，主神臨水夫人不在意這些，哪怕對著她喊「土地公」，她都笑咪咪的傾聽萬民請求。

就是她太溫柔，太愛民，所以終於出問題了。

一個非常虔誠的信徒哭求讓他活到能看到自己孩子結婚，臨水夫人一路看著這個一生命苦卻從不怨天尤人，所求最多不過是平安的可憐人，終於被他唯一出格的願望感動了，冒險從陰差手裡搶人……

結果信徒多延了三年的命，臨水夫人因此要坐一甲子的天牢。

最終臨水夫人並沒有替自己辯解開罪，而是跪求在天牢期間，給這個小廟找個代班。

於是原本只是百姓私祭的角頭小廟，居然上了檔，被天庭所承認，也因此派下了成神於唐朝的昭殿下駐守。

這個一直在天庭看守邊關的女武神，莫名其妙的奉旨下凡……第一天就震驚了。

一起頭，她就知道是個小廟，這個不計較。但是把神明關在鐵窗後面是怎麼回事啊喂！後來聽說不但金牌會被偷，連神像都會被偷……

她無言了，卻也只能默默接受信徒的「好意」。

然後廟裡處理公務的文書，只有五個小女孩……幾個夭折的小姑娘。五營？沒有。

記得嗎？之前是百姓私祭，天知道他們怎麼會祭拜臨水夫人，又怎麼得夫人的垂憐。

但是，昭殿下下凡之後，這裡已經是官方的了。各地奉旨的官方單位會分發案件過來……這裡已經成為一個新轄區。

五營得自己慢慢收，剛收的還很不好管理。在收齊之前，一切對外案件，完全得殿下親自處理。

……不然你要指望那五個小女孩嗎？

但這些都不是最糟的。昭殿下是誰？赤手空拳就能在關中聚起娘子軍的人物，上天之後也一直都是武職。這些都是小事，不到兩年就井井有條了。

真正讓她受不了的是愚蠢的凡人。

像時髦少女那款的白目，已經是最普通的每日任務了。

比方說，想要賺大錢、娶絕世美女，為所欲為過一生的……再虔誠她也辦不到。因為那傢伙快四十了還是啃老族啊！每天關在家裡看A片能看出錦繡前程嗎?!拜託你改信別人吧!!她神微力小無能為力！

比方說，想要明牌中樂透。抱歉，你知道術業有專攻嗎？她代班的臨水夫人其實只管婦女順產你明白嗎？其餘多管的都是主神的善心。恁祖媽最討厭不勞而獲的人了，所以不想發善心……沒順手斬了就是佛心了，愚蠢的凡人不要太過火。

比方說……

算了，不要一一細數了。再數昭殿下要吐血了。

但是愚蠢的凡人意外的喜歡她。

明明她從來不出笑筊，不是聖筊就是怒筊，信徒都會笑說「娘娘這幾年脾氣越來越不好。」

連她代班的事情都不知道。

可是原本不是信徒的香客卻越來越多，覺得她很「靈聖」，而且非常有「個性」。

……只能怪昭殿下認真過頭的性子。一面大罵愚蠢的凡人，一面處理那些非常煩人的請求……只要沒觸到她的逆鱗。

香客太多的後果就是……她非常需要一個乩身。但是又要才能又要品德，又需要本人和家長與三代祖宗同意的乩身太困難了。

太認真的昭殿下有幾回乾脆自己現身了，沒多久，終於適應二十一世紀資訊生活的昭殿下，才知道「廟公的女兒」在網路上大大有名了。

居然有人偷拍她。

大膽！真該斬殺！

可她脾氣發到一半，又有香客進來拜拜，希望能考上好大學。

「……文昌廟搭73和53公車會到。」她忍不住現身說。

「欸？妳是廟公的女兒！」年輕的小夥子眼睛一亮「哇！比照片還漂亮！……

不熱嗎？長襯衫長裙子。要喝涼的嗎？等拜拜完我請妳喝芬達……」

要你管？大膽而且愚蠢的凡人！

「不用拜了啊。」昭殿下強忍怒氣的說，撇手說，「去去，這裡是臨水夫人廟，不管考試的！公車站牌在那邊，過大馬路就到了。」

「要拜啊，都來了。」少年笑得很敞亮，「娘娘有保佑喔，不然怎麼會有妳在這裡，還告訴我文昌廟在哪。」他點香，「謝謝娘娘喔。」

……最討厭愚蠢的凡人。討厭透了。完全在增加我的工作。

昭殿下喝了一口芬達，差點吐出來。這是什麼怪味道……又甜又酸還帶冒泡。凡人的味覺都故障了嗎？

但她還是勉強嚥了下去。

雖然常常會鄙視凡人。但是她從來不曾輕視過任何一個凡人，真摯的虔誠。

「文房四寶……伺候。」她不大甘願的說。

然後絞盡腦汁，寫信給文昌君。

如果，那個傻小子去拜拜，偏差也不是太遠的話……請文昌君幫幫忙吧。若是太為難就算了。但是，總不是那麼為難吧……

將信寄出去，昭殿下有點悲傷。她總是會深深的唾棄自己，發誓下一次絕對不再這樣幹……

卻總是事與願違。

之二 神明的FB

下凡兩年，殿下終於清理出頭緒，雖然要常常嚐收來的五營軍將，但廟小轄區窄，也還算遊刃有餘。

她一直都是很有堅持的人，所以不管在天上的身分如何，既然是代臨水夫人的班，她自覺得更有禮謙遜些，遇到案子也不推辭，跟附近同儕的關係很融洽。

像是附近媽祖廟實在忙不過來請她去顧籤筒，她也欣然而往。

一開始是有點無言，因為不是主神媽祖忙不過來，是陪祀的月老忙不過來。

你確定我來顧月老的籤筒好嗎？武神顧姻緣籤筒？我擅長的是拿刀斷一切因緣，不擅長替人牽紅線。

「殿下有過駙馬吧？」月老對她的遲疑有些詫異。

「呃。」昭殿下不知道怎麼回答，那傢伙……不過是客氣一下讓他先逃難，結果他還真先逃了。雖然沒什麼怨言，但是總不會覺得很幸福吧？「……我在世的時間不過二十幾年，成神已經有一千五百年。痴纏情愛，完全忘了啊。」

「可是真的忙不過來。」月老含淚。

看著一字排開非常虔誠在擲筊的曠男怨女，和忙得幾乎翻過去的月老與諸助理……

她默默的傾聽，非常有個性的是非題。

有機會可以求的就聖筊，沒機會的直接打槍，怒筊。

然後她覺得月老很可憐，難怪臉色慘澹，很有過勞的傾向。因為有人緣分明明還沒到，卻願意跪上好幾個鐘頭，廬到有杯為止。

但這不是最糟的。更糟的是，有人剛把香插到香爐裡，立馬就擲筊了。

又是，「急，在線等！」

喵低連讓神查資料的時間都不給啊?!

但是月老就是人太好，他會一面喊「快快快，拖一點時間啊！查資料的快一點！」

「可是那個區有兩個同名年紀相似的！他講的出生年月日不對啊！等等，到底是中和永和路還是永和中和路還是他說錯了？」

「不行了！他的誠意快突破上限，出兩個聖筊了！」

「快快給他一個笑筊打斷！兩個的資料都調出來看看！真是……自己家的住址也會說錯？真服了我……」

……這就是月老悲傷的日常。

所以殿下常常去幫忙，為的不是那些愚蠢的凡人。而是月老真的太辛苦……高峰時期，譬如例假日特別特別辛苦。

她現在代班的廟小事簡……跟月老比起來，簡直太輕鬆。

月老非常感激，感激到送她手機和平板電腦。

……哈？為什麼月老會有這個？總不會是供品吧?!

「別擔心，總是有人把手機或平板電腦給丟了。」月老語氣非常輕鬆，「招領好久都不來，托夢叫他們來領也不理。放心用吧，真不懂那些孩子們怎麼那麼有錢，都換新的了呢。」

「我、我應該用不上吧。」昭殿下婉拒。雖然她已經適應了二十一世紀這個資訊時代，知道拿著個薄鐵盒子猛滑是在「玩手機」而不是手指抽筋，但她不認為這種玩意兒跟她有關係。

「哪會用不上啊。」月老很熱心，「而且妳可以參加中部神明的FB社團。」

……那是什麼？還有，手機和平板電腦有什麼不同？

盛情難卻，她納悶的拎著手機和平板電腦回去，讓她更納悶的是，小秘書比她厲害得多，摸一晚就上手。殿下倒是努力了將近半個月才勉強會用。

一會使用手機，迎來了爆炸性的「驚喜」。就是這個時候，她發現自己的照片在網路上紅了，被標記為「廟公的女兒」。

後來她到底還是習慣了手機（平板電腦讓給小秘書們），也加入了神明FB社團

（中部）。

總是，總是要融入團體，不要太特立獨行吧……

久了居然覺得挺有趣。雖然不知道為什麼，神明們的ＦＢ帳號都能夠不對外公開，社團也無法搜尋。但是能夠有個不被打擾的空間說說小道消息發發牢騷還是挺有意思的。

之後文昌君嫌她文書用燒的不夠先進，乾脆將汰換的電腦送給她。雖然殿下沒有改變燒文書的習慣，卻變得更喜歡ＦＢ社團……因為手機太小，每次想輸入什麼都讓她一頭汗，電腦的鍵盤可大多了，不怎麼容易按錯。

於是這個角頭小廟正式進入資訊化，小秘書們用這台電腦查資料、送案件或收案件，偶爾殿下想在ＦＢ社團發牢騷，就換她用電腦輸入……不愧是聰明智慧的殿下，打字真是無師自通，十指紛飛。

而這麼先進，不過花了一年的時間而已。

但是殿下對電腦知識可以說是一竅不通。所以偶爾會發生悲劇。

比方說，偶爾她被惹怒了，在FB社團發脾氣。

昭：真是忍無可忍了！我恨中二！為什麼附近就有兩所高中一所國中！擲擲擲什麼筊啊?!俵祖媽只管婦女順產啦，小屁孩問什麼愛情問題？妳毛長齊了沒有啊？我忍妳很久了！還有，為什麼妳這一年來每個禮拜問的對象都不一樣？週週更新嗎?!

虎爺：殿下息怒〰。

媽祖：呵呵。

王爺：殿下越來越在地啦，連「俵祖媽」都會講了，欣慰。

月老：欣慰＋1

中壇很帥：欣慰＋2

福德大叔：欣慰＋3

地基主1003號：欣慰＋4

…………

看到欣慰＋26，昭殿下立刻將power按下去，暴力關機了。

小秘書甲尖叫，「啊啊啊啊啊～為什麼？殿下為什麼?!妳何不關視窗?!」

——因為太怒了。

文昌君送的電腦有點年紀，導致強關後再開機出現了藍色畫面，但在幾個小秘書的努力下，好歹有驚無險。

吃軟不吃硬的昭殿下，在一眾小秘書眼淚攻勢之後，怒氣消散的她無奈的答應再也不這麼做。

有段時間，殿下不肯在社團發言了。

但有句老話說，好了傷疤忘了痛。

昭：真的太恨這群死小孩了！國中二年級就想種馬！想當就去當，誰管你會不會腎虧……為什麼這種事情還來問我?!神明是給你這樣用的嗎?居然問我有沒有美女脫衣符!脫你妹啊!還有，女生頂多週週更新，你居然每天問的對象都不一樣，哇靠，你天天改版?!

月老：習慣就好。（淡定）

媽祖：我也被問過 XD 小昭學得真快，「你妹」都會用了。

地基主1065號：可是我沒有妹妹。

福德大叔：可是我沒有妹妹+1

中壇很帥：可是我沒有妹妹+2

王爺：可是我沒有妹妹+3（弟弟很多）

虎爺：可是我沒有妹妹+4（但是我想要妹妹）

我很毒毒毒毒毒：可是我們沒有妹妹+5（別傻了有實妹的人都不會變成妹控）

…………

這次昭殿下只忍到＋12就直接將插頭拔了，導致五個小秘書一起慘叫。

「殿下妳為什麼?!這比強按power更糟糕啊～～」

的確，這台有點年紀的電腦再也開不了機。

很負責任的昭殿下悶悶的拿起手機，打給文昌君，「……那個，電腦死了。你能不能、能不能找個人來幫它回魂？」

忙得恨不得長出三頭六臂的文昌君啞然，不說接到殿下的電話很稀奇，背景震天哭聲……也很稀奇。

「是怎麼死的？」文昌君問。

「我拔了插頭。」昭殿下非常勇於承認。

文昌君想，大約是不小心踢到插頭什麼的吧，那台電腦的確很老了。超過十年了嗎？唔，忘了。

「沒事，我問問有沒有死掉的電腦工程師。雖然這種事情問城隍比較好，不過我幫妳問吧。資料救出來就好啦，電腦壞了就算了。上回乖乖跟我講，他那邊有批電腦很便宜的。」

「不好吧，無功不受祿。」殿下不喜歡欠人情。

「那簡單啊，」文昌君開心了，「月老那邊不要管啦。費盡力氣幫凡人把紅線牽了，沒兩年就自作主張的離婚了，完全白費工夫。殿下不如來幫我顧籤筒。雖然有費盡力氣然後被二一的蠢蛋，但數量總是比離婚的少很多。」

「……謝謝。」

文昌君效率很高，而且……當真非常有錢。昭殿下不肯收全新電腦，他乾脆換了六台很不錯的中古筆電，這樣被憤怒的殿下擊殺的，也只有她的娛樂筆電而已。

昭殿下真的很想改掉壞脾氣，或者乾脆戒掉FB。不然又把電腦搞掛了，還得去欠文昌君的人情。

可惜，一直都是事與願違。

之三　無序的晉級

月光在河面上跳動，宛如流動的銀，潺潺悅耳的流水聲，尚纖弱的柳樹輕擺著清涼的風。

如此宜人的，雨後晴夜。

河岸邊開闢的小小步道，行走其間，令人心曠神怡。

原本應該是這樣。

但是此時，卻只有個少女悠然漫步。長而簡單的鐵灰色長洋裝，外套一件寬鬆、下襬不規則，前低後長的麻布長袖襯衫。一頭長髮綁成高高的馬尾，讓月光照亮了半邊的臉沒有表情，卻天生帶著點笑意。

在拐彎，樹影和高牆讓此處的黑暗特別濃郁。站在此處的黃衣女子顯得格外朦朧。

「喂，小姐。」黃衣女子招著手，瞬間就到少女面前，「妳看，我只有一隻腳。」

黃衣女子的及膝裙下果然只有一條腿。但恐怖的不是只有一條腿，而是那條腿，既不是左腿也不是右腿，彷彿生在正中間。她咯咯的笑，越笑越大聲，越笑越狂，「而且我還……」

少女並沒有像其他人般瘋狂尖叫，反而冷靜的接了她的話，「而且妳也沒有手，等等抬起頭，妳還沒有五官咧。」

黃衣女子一愣，之後她非常後悔愣了那麼一下。

因為少女沒給她反應的時間，只用一條柳鞭就將她放倒了。雖然她第一時間就起身，但已經被十來個軍將團團圍住，每每有機會脫逃，都被少女的柳鞭抽回重圍。

等軍將們搞定，恭敬的過來稟報，「殿下，是個……拖把成精。」這個非常年輕的軍將滿臉不可思議。

昭殿下倒是不覺得怎樣，不過還是教育了一下，「萬物之老者，其精悉能假託人形。」（出自葛洪《抱朴子》）

這還真沒有什麼奇怪，石頭能成精，畚箕可以成精，憑什麼拖把不能？她在天界見過更奇妙的。有神曰焰光，是精怪中最勵志的典範。如果他是個燭台成精，還沒那麼不尋常……他是燭焰成精，然後修成正果的。

是的，就是風大點就會被吹熄的蠟燭火焰。一根蠟燭能燒多久啊？最拚讓你燒個三天三夜好不好？那就是非常耐燃的蠟燭了。可哪怕是再耐的蠟燭，都不足以讓燃燒其上的火焰成精。

所以說，成精大部分都是萬物之老者，但也常有例外。往往需要巧合和機緣。像是焰光，就是恰好連蠟帶火的掉進一處同時噴著天然氣的泉水裡，得以水火同源的存在了十年，感水火相濟之理，萌靈智成精。

然後很勤奮的吸收日月精華，剛好處福地洞天之中，又逢明師點悟，一路過關斬將，最後得以隨師升天，在天界也努力不懈，終於獨當一面的成神。

聽起來超勵志的，但是他總歷程只花了二十年。

更神奇的還有的是，什麼天帝的一口氣、王母娘娘的胭脂、太陰星君的影子……都有變成精怪的案例。只有你想不到，沒有變不了的。

拖把成精，太平常了。就跟畚箕或石臼成精一樣平常。

為什麼這麼平常的小精怪，會勞動到殿下呢？

怪只怪，她麾下的軍將都太嫩。這麼一個小小精怪鬧到小廟香火大熾，她天天聽萬民請願而頭疼。

就如前面所說的，河岸的步道，是附近居民最喜歡的地方。春天賞大波斯菊，夏天乘涼，秋天賞月，冬天都有情侶在綿綿細雨中綿綿細語。

不管什麼時候來，都有居民在此散步聊天說笑，河岸邊也總有人釣魚。都還滿有自覺的保持環境整潔，假日社區和學生會組織來撿垃圾。

很難得的，城市邊緣的一小方淨土。

但是步道開始鬧鬼。當許多人目睹「獨腳無臉女」之後，河岸步道瞬間淨空，連有勇氣在半夜海釣的釣客都不敢來了。

因為獨腳女會動手，已經有四個釣客被推進河裡，被驚嚇和追逐的行人也日益增多。

殿下斷定應該是妖怪或精怪，絕對不是鬼。照那種小裡小氣毫無目的的惡作劇來看，一定是小咖。

養兵千日用在一時，總不能招募了五營只讓他們白吃白喝，何況已經養了將近千日了好吧？

所以她把軍將們派出去緝捕，然後殿下差點被他們氣死。

雖然知道新兵上路應該請多指教，但是連獨腳女的一根毛都沒碰到，甚至連身分都查不了……她只想用軍棍好好的給他們指教指教。

但是不教而殺謂之虐，對吧？於是她很虐心的出來當誘餌，示範給這群菜鳥明白，「智勇雙全」為何智在前而勇在後……因為沒有智慧就連正確動用武力的機會都沒有。

她希望部下不要連腦袋都長滿肌肉……只是很悲觀的，殿下發現，調教的道路既遠且長……她沒有把握回天前能把五營調教得腦袋裡裝的完全是腦漿。

明明是個小事件，昭殿下卻滿心疲憊。去幫文昌君顧籤筒的時候還有些鬱鬱不樂。等求籤高峰期過去，文昌君閒了些，將不太快樂的殿下請去喝茶了。

「我不想喝。」殿下情緒還是很不高。

「客家擂茶喔。」文昌君勸，「我親手擂。」

……她對凡間食物都沒什麼興趣，擂茶除外。

「殿下為什麼不開心？」文昌君一面擂茶一面問，「那支破拖把已經綁赴城隍處發落了不是嗎？坦白說，也沒什麼大危害……就是個剛獲了人身太歡脫的蠢蛋咩。」

「三個月。」昭殿下悶悶的，「居然花了三個月，而且還沒能將案子辦好。如果在天界……」

「可這裡不是天界呀。」文昌君笑，「他們也不是天兵天將。只是一群……向人間招募的孤魂野鬼。哪，別把自己逼得太緊，慢慢來。」

……或許吧。殿下想。她自己個性過分認真，不該也逼著別人……還是一群愚蠢的凡人（已死版）過分認真。

捧著熱騰騰的擂茶，殿下慢慢的點了點頭。「文昌君的軍將如何？」聽聽前輩的治軍經驗吧，說不定有用。

「我沒有治軍經驗啊。」文昌君回得很輕鬆，「我管文運和考試，總不會有人刻意跑來跟我求斬妖除魔吧？就算偶爾需要動用到武力，我們家有關爺啊。雖然說，大家都很愛啪啪造，只留我一個人面對無數考生……明明有五文昌啊！結果只有我一個在面對……」

語鋒一轉，「殿下何不與中壇元帥商談坐鎮？他就算本人沒空，屬下也不少能人。有的性情沉靜，不至於太鬧，擾到殿下清靜。」

殿下沉默了。好一會兒才有些悽愴的回答，「廟小，沒錢……連廟公都沒有。你相信嗎？現在二十一戶人家願意輪流當爐主，掌管修繕和管香火錢，但沒人要當廟公。」

總不能是她現真身，親自去請中壇元帥來幫她調教軍將。到時候誰能解釋清楚這尊多出來的神像是怎麼回事？

在凡間當神明是很悶的一件事，束手縛腳的。難怪南部某王爺喟嘆，「坐鎮東津三百年，心內痛苦無人知。」

文昌君正要答話，房門輕叩，「咦？乖乖來了。」他看向殿下，昭殿下點點頭，示意他自便，捧起擂茶小口小口的啜。

只見一個身穿綠衣的美少年走進來，一臉溫柔的笑……就是門牙大了點，讓那驚人的美貌平添許多無辜。他看到殿下，有些慌張和不好意思。

文昌君輕聲道歉，帶著美少年往裡面去了，據說是來修電腦的。

昭殿下獨自坐在堂屋喝著擂茶，空氣中卻有種甜蜜芳香的奶油味道。

不是擂茶。是那位名叫「乖乖」的少年進來才有的。這可稀奇了。他明明是個修電腦的，又不是甜點師傅。為什麼會帶著這種芳甜奶油的香味？

會是哪個神明的使者呢？

「他是誰家的？」昭殿下好奇的問。

此時綠衣少年已經走了，文昌君卻笑得很神祕，「他就是自己家的。沒誰管得了他……不過也不必太在意，他就一個顧機台的。」

顧機台？昭殿下有些誤會……畢竟她下凡三年多而已。「顧小鋼珠那種機台嗎？」

文昌君笑噴，咳了好大一會兒，「不，哈哈哈，不是……他就是顧，電腦主機那類的機台。」

……那種東西也有守護？明明是機器，要守護什麼？

「是私神？」昭殿下好學不倦的問。

應該是吧？從來沒聽說過天庭冊封過什麼顧機台神。那就是沒有得冊封，但是得凡人信仰禮敬的私神。

「噗。」文昌君捂嘴，設法把爆笑壓下去，「這麼說也沒錯……可以說是。妳們的筆電還是他低價提供的呢，有機會要謝謝他。」

昭殿下狐疑的看著文昌君，最後還是沒有繼續問了。人間的私神沒有一萬也有八千，聽說還在不斷生長中。

她不覺得跟一個私神能有什麼交集。或許將來會偶遇，她會道一聲謝，私神會客氣異常的說不客氣，然後……就沒什麼然後。

終究，她還是發現了這位名為「乖乖」的私神到底是什麼。

同樣是太嫩的軍將讓犯妖給跑了，殿下不得不親力親為的輕裝追凶——因為已經跨區了，她不能浩浩蕩蕩的帶一大票軍將上門抓人……又不是準備去械鬥。

最後她衝進一間裝滿主機的房間緝捕犯妖。這隻鱸鰻精太狡猾，險些又讓他給溜了。千鈞一髮之際，只見一綠衣少年，靈活的抄起網路線，讓鱸鰻精摔了個狗啃泥，讓殿下輕鬆捕獲。

殿下非常慎重的道謝，私神也的確如她所料的遜謝不已。

然後昭殿下瞥見，每台主機上面都放了一包綠色零食，名字就叫做，「乖乖」。

剛好有個凡人在她旁邊拆開綠色包裝的零食，引起另一個凡人的慘叫。那個凡人一面吃一面含糊不清的說，「無要緊啦，我已經換了新的，這包已經擺半年囉，放心吃，不會有事。」

綠包裝零食的味道，跟私神的香氣一模一樣。

然後昭殿下所知的精怪品種，又多了一個：綠色包裝零食所化的乖乖。

這一定是空前絕後的。就好像她從來沒聽說過櫻桃畢羅成精，更沒聽說過綠豆糕成精的。簡直比焰光大人還希罕。

文昌君知曉後笑彎了腰，「不對，更希罕吧。說起來香火是等閒，誠心禮敬才是王道啊。乖乖的信徒可比我們的虔誠許多。」

「而且不要看他一副溫文樣，他脾氣可壞了。吃掉供品，燒電腦。半年沒換供品，燒電腦。唉，私神就是沒有拘束……有的時候真的是好羨慕啊。」文昌君嘆氣，「我也想讓不讀書跑來拚命求上榜的信徒拉肚子。」

昭殿下啞然，默默回家了。

以後她只要在自家的供桌上看到乖乖，就會露出微妙的表情。其他口味的也就算了，奶油椰子的她是自己不肯吃也不讓小秘書和軍將們吃。

雖然屬下都會抱怨，但她還是很堅持。

因為，太怪了。

一聞到那股芳香甜蜜的奶油椰子味道……她就怎麼也下不了口。

之四　人生的黃昏

從殿下代班的第一天起，就知道這間小廟有很多義工。

所以在大馬路邊吃灰塵的小廟，總是意外潔淨。尤其是當中一個阿伯，幾乎是風雨無阻，每天早上都來掃地擦桌子，每個角落都細心清理。

他動作很慢，看得出曾經受過風疾……呃，中過風。但他還是這樣不懈的前來，如果有幾天沒到，一定是病得起不了床。

起初殿下看到他總是會有些不安。但是他從來沒有祈求什麼……最多的是祈求兒女的平安順適，從來沒有替自己求過什麼。

翻閱記錄，這位阿伯直到中風後才如此虔誠，也是因為中風才提前退休。

……但是神明總有其極限，再虔誠的信徒，神明也無法為他破例。

他年輕的時候用了不正當的手段發家，對待自己的妻兒卻非常惡劣。以至於臨老了，兒女將妻子接去孝順，卻沒有人想瞥他一眼。

照理說，這般自作自受之徒，昭殿下會開啟無視大法，哪怕再怎麼獻殷勤也當他不存在……

但這是個很有guts的男人。他沒有哀求原諒，也沒有向神明匍匐。他每天來打掃小廟，只是因為沒地方去，消磨消磨時間。

而且，漸漸老去，發現心靈一片空白，曾經以為無所不能的金錢，也不能填補這份空虛。孤獨而徬徨，後背只有虛寒。

父母尊長都已過世，被他拋棄的家庭也拋棄了他。他的身邊，再也沒有誰。

他的朋友，有的用臨老入花叢、大吃大喝來填補這份空虛，可是他已經累了。

年輕時嗤笑輕蔑的信仰，卻在這個人生的黃昏之際，支撐了他，讓他覺得，他也不是一個人。

這樣就夠了。

或許因為這樣，昭殿下並沒有討厭他。是非功過，自有負責單位評論。他的心態和許多中老年人相似，並且住在她的轄區內，甚至是二十一戶人家裡的姻親。她能體諒。

許多年輕孩子不明白，為什麼中老年人會「迷信」。那是因為，年輕的孩子還沒有老。

充滿活力，這五彩繽紛的世界目不暇給，怎麼探索也探索不完。父母的關愛總是太多，顯得窒息，親朋好友都在身邊。

年輕人什麼都不缺。只有不順了、遇到事情了，才會臨時的燒幾柱香。如果神明不遂所願，他們會大罵根本沒有神一點都不靈驗，然後再去別間廟燒香。

等事情過了，就將神明拋諸腦後。

但是一年年過去，再怎麼想留住青春，青春還是會過境。父母尊長逐漸凋零，親朋漸疏。最後身邊誰都沒有，漸漸接近的死亡威脅，最終只能孺慕的依靠神明。

殿下都明白。

可神明，真沒辦法替他們做太多事情。凡人要守凡間的規則，運途不可能一帆風順，總有乖違之時。神明只能傾聽，盡量給予一些隱諱的建議，避免無辜凡人受到眾生傷害，而已。

神明並不是無所不能的。可惜凡人大半都不明白。

所以有一個不逼迫神明要這要那的阿伯信徒，她還是有種淡淡的開心。雖然她本人很忙，常常不在廟裡。但是遇到阿伯時，她會露出她自己也沒發現的溫柔眼神，靜靜聽他的嘮叨。

安全島上的雞蛋花被颱風吹歪了啊，他花了好大力氣才用支架扶正；哪邊的騎樓有個燕巢，有幾隻小燕子探頭了；如數家珍的談著附近的流浪貓狗，他都餵熟了。

哪個朋友又走了，他已經預定了好友身邊的位置，靈骨塔的風景很漂亮。

諸此之類，一個老人的閒話家常。

她的確不能為他做什麼。但是注視著他，並且傾聽，那總是做得到的。

記得嗎？附近有兩所高中一所國中，大馬路對面就有支公車站牌。這些常常讓殿下發火的少年少女，沒事就會到小廟閒逛，連香都不拿一枝的亂執筊。

這天又有幾個少年無所事事的在廟裡亂逛，指著神像亂開玩笑，最後居然將供桌上的水果拿起來就吃。

奇怪，凡人憑什麼認為神明不會生氣？因為神明神格很高所以很有修養不會計較？那有修養的人豈不是太吃虧，反正任何人到他家亂翻偷盜都沒關係，反正有修養的人都會很大愛的原諒？

這樣誰想要當有修養的人啊?!

昭殿下正扁眼在心裡大段吐槽時，剛好散步過來的阿伯厲聲大喝，「你們在幹什麼?!」然後就罵了。

這些少年的反應居然是，「唉噁，好噁心！嘴歪眼斜就待在家裡不要出來污染市容好不好？」

「老人就是噁心啦！一股臭味！」

「滾開啦，煩！」

阿伯的確嘴歪了，口齒不清，偶爾講話快了還會滲口涎。人老了，也會有種陳舊的氣味。

但這不代表，年輕人有資格鄙視他們。

所以殿下現真身，接住了少年差點落到阿伯身上的拳頭。若不是殿下很克制，那少年不會只是痛得大叫，不讓他丟一隻手她就不打算姓李了。

一方面是殿下的理智還在家，一方面是小秘書抱著她後腰拚命哀求：之前的臨水夫人已經在蹲天牢，代班的殿下再問罪……這個小廟還找得到下一任代班者嗎？

小秘書們完全沒有信心。

殿下將那些少年一個個扔出去，「記住，總有一天你們都會老。」她的臉色非常可怕，「到老的時候，你們絕對不缺我……我們主神的庇佑。」

聽到了沒有？老了想要回頭燒香，去別家廟吧！俍祖媽恕不招待了！

阿伯咳了好幾聲，定睛一看，「咦？小姐，是妳啊？畢業了是不是？」

殿下的臉都僵了。她頭回現真身，就是參考高中制服：白上衣百褶裙。意外被阿伯撞見，第一句話就是，「啊，小姐，這時間怎麼不上學？這樣不行，學生的本分就是……」

足足被教育了半個鐘頭。

之後她有意無意都會避開阿伯，現真身也參考了另一個上班族女性的服裝。

真沒想到阿伯記性那麼好，快三年前的事情了。

殿下有些尷尬的和阿伯聊了幾句，臨別前還是沒忍住，「……要吃水果就讓他們吃了。年輕人沒輕沒重的，何必以身冒險？」

阿伯呵呵笑了兩聲，「雖然知道無彩工，還是要念兩句。細漢偷挽瓠，大漢偷牽牛。何況還對神明不敬。」神情有些落寞，「萬一聽得進去呢？雖然我少年的時候什麼好話也都沒聽進去。」

「種什麼因得什麼果。」殿下只這樣回答他。

這是沒有辦法的事。她很快的離開阿伯的視線，因為她實在看不下去了。

阿伯的壽算，不長了。

就在這一年最熱的那一天，正在文昌廟顧籤筒的殿下，突然感到一絲黯然。

阿伯的生命之火快要熄滅了。照他這一生造的孽，之後會很艱辛。

她默然片刻，朝文昌君喊，「隨便找個人來顧籤筒吧，我某個香腳，要去了。」

忙得連汗都來不及擦的文昌君愕然，「……殿下！」語氣非常嚴厲，「不要對凡人動無謂的情感！我們神明其實跟醫護人員差不多，必須硬起心腸才能盡忠職守！妳要知道我們都是一人面對眾人……」

殿下靜靜注視著文昌君，對他豎起三根手指，文昌君瞬間滿臉通紅。

這個號稱必須要硬起心腸的神明，曾經瞞天過海的替一個考生搶到三天性命和健康，讓他能夠順利考完才死去。

因為那是考生的夙願。

事情沒有「迸康」，就是昭殿下強力護航。不然難免會被追責，運氣不好得回天蹲天牢。

凡人是不會知道神明為他們冒多大的風險。而神明，總沒辦法真正的無情。

殿下用最快的速度趕到阿伯身邊，他還吊著一口氣，眼睛不敢閉。

他做過什麼，自己最清楚。他明白自己一定會下十八層地獄，刀山火海都逃不過。

他害怕，此時此刻，無比的害怕。

非常後悔，但是後悔永遠來不及。

但是怎麼也沒想到，那位見過兩回的「小姐」，居然突然出現在他床畔。在模糊的視線中，她的身影卻是如此清晰。

瞬間他明白了。

「……娘娘，」他沙啞含糊的呼喚，「能不能、能不能……救我？」

殿下搖了搖頭。「你應該也明白的。」

阿伯痛苦掙扎著呼吸，好一會兒才舒緩了些。「呵呵，就是。安捏才對。」

但是我能為你作一件事。

殿下伸出手，輕輕按在阿伯已經禿了的頭上，慢慢的撫摸著。

像是阿母的手。阿伯想。像是阿爸的手，阿媽，阿公……那些逝去已久，最親的親人的手。

他號啕大哭，痛苦不堪的懺悔，「我、我這世人沒這樣摸過我後生查某仔的頭啊！我錯了啊！」

似是非常痛苦，卻也非常幸福。過世的阿伯像是放下了重擔，深深的向殿下行禮，順從的戴上頭枷腳鐐，隨著陰差接受他所有的刑罰。

雖然沒能做什麼，但是殿下的心情的確好多了。

但是她自覺沒做什麼，卻還是接到了一紙嚴重警告，要求她寫悔過書。

……為什麼現真身沒事，按一下香腳的腦袋有事呢?!

她拒絕寫悔過書，最後那疊悔過書是小秘書們和文昌君一起「創作」出來的。

「別鬧了啊。」百忙中還得來幫寫悔過書的文昌君很疲倦，「殿下，現在知道對凡人不能太好了吧？妳看看妳看看……」

殿下冷著臉對他豎起三個指頭。

文昌君因此啞口無言。

吃。

之五　神祕的供品

殿下剛下凡代班的時候，每天供桌上都有仙草蜜。

這種浸著糖水、黑色小軟塊的罐頭，她只嘗了三天就膩了，只有小秘書們很愛吃。

據說會流行起來是因為某間大學的土地公愛吃。至於為什麼供桌上天天有……是因為剛搬到附近的新居民誤認這間小廟是土地公祠。

這個誤會一直持續了一年多，讓殿下對於「明明不是文盲」，卻對廟名和碑文視而不見的信徒刷新了新視野，很快就淡定了。

沒問題，名字不過是個符號。

所以之後供奉仙草蜜的信徒惶恐的傳了三牲來謝罪，殿下很痛快的給了三個聖筊，誤認沒什麼，不值得計較。

她對愚蠢的凡人的智商，一點點都沒有要求。

昭殿下本身對口腹之欲很淡薄……其實大部分的神明都如此。所以拜什麼都OK啦，心意到就好。現代人許多禁忌也不清楚了，神明也不會因此怪罪。

所以她啃過番石榴，吃過番茄，也沒因此就降罪……沒那麼小氣好嗎？

當然，最多的是水果，吃都吃不完。這點她非常喜歡，台灣真是水果王國，她個人認為，甚至比天界種類多又好吃。當然這點和她常常駐守在邊關有關……

邊疆沒那麼多水果供應好吧？當軍人的不該挑吃撿穿。

下凡代班對她來說跟度假一樣。有陣子水果太多吃不完，小秘書還很貼心的作成水果沙拉，吃得她眉開眼笑，對凡人愚蠢的容忍力提高到百分之百。

次多的是餅乾糖果。殿下本人對甜食很快就膩了，但是部下都喜歡。有陣子軍將巡邏、小秘書處理文書，嘴裡都含著一顆水果糖或叼著一片餅乾。殿下本來想制止……後來是土地公跟她說情，她想想也算了。

在人間工作兼修行，對這些孤魂野鬼來說是很艱辛的。這麼一點點快樂就不要剝奪了。

第三多的是罐頭和麵線（未煮）。這也沒問題，小秘書常常煮麵線搭罐頭，有時殿下心情好材料到位也會作成美味的番茄牛肉湯，澆在熱騰騰的麵線上頭，軍將們吃到打架，然後挨軍棍……挨完打起來繼續吃。

可惜殿下不怎麼下廚。

只是她會上網以後，發現有人繪聲繪色的說，拜拜過後的食物不要吃什麼的，說味道會變淡，或者腐化什麼的……這簡直是一派胡言，讓殿下相當生氣。

神鬼享用供品和凡人食用的部分根本是兩回事，時髦一點說，就是不同次元的部分。據她所知，祭拜後的供品在不太遠的過去，不但是稀有補充營養的機會，還能吃平安……為什麼現在會有這種不實謠言？

眾神明都勸她不要在意。人類多少有點智商不足，要像疼愛五歲以下兒童般溫柔而體諒。

了。

……好吧。包容，我們要包容。

殿下覺得自己下凡久了，脾氣都磨平許多，之前的同僚再見到她，絕對不認得

以前她可號稱鋼鐵娘子，鐵面無情得很。

凡人會恭奉上來的供品當然不會只有這三類，堪稱五花八門。

有趕上班的上班族將剛買來的早餐拿來供奉，祈求一天平安——偶爾會詛咒上司拉肚子摔樓梯之類。

當然殿下不會受理。不過上班族好像不在意這點，總是香還沒燒過半就匆匆忙忙的拎起早餐就走，還一路吃一路趕公車。

也有學生拎出便當來拜拜，希望能考高分的，這很平常。但是祈禱「娘娘」幫他寫昨晚忘記寫的作業……這沒見過了對吧？

事實上，這還滿多的。

請你用膝蓋想好嗎？這怎麼有可能？還有，你到底是把神明當成什麼？

她對位居在三所國高中之間感到相當無奈。拎著便當求寫功課的，有。拎著一包鹽酥雞求把到妹或帥哥的，有。更多的是拎著飲料，順路（搭公車前）來有拜有保庇，更多。

殿下也因此對方圓兩公里內所有的鹽酥雞攤、飲料店都瞭若指掌，麵包店也快掌握完全了。

連家裡的貓狗走丟，都會跑來祈求……有回供品是距離一百公尺牛肉麵店的水餃。

喂，拜完都冷了啊！冷掉的水餃還能吃？據說這是妳的晚餐！何況那家的水餃特別不好吃妳怎麼會買這個……

咳，殿下不是嫌棄，絕對不是。她真的只是無奈，為什麼貓狗走失也得求她啊拜託！她沒管那麼寬好嗎？至於為什麼大部分都會找到……那是因為她的軍將大事辦不到，巡邏時倒是老注意到那些走失貓狗，湊巧，湊巧而已！

絕對，不是故意找到的。

結果第一回供奉水餃的女生找到她的狗，非常激動的上網分享，最後只要想找貓狗的都帶水餃來拜拜了。

於是殿下也快將整個都市的水餃店優劣掌握到手了。

這……真的沒問題嗎？

在神明FB社團上。

昭：我真的有點迷惘了。我代班的職責範圍，應該是「婦女順產」吧？但是我現在處理最多的卻是找小貓小狗……這樣對嗎？我覺得我好不務正業。下凡四年了，我對凡間知道最多的卻是，周圍最好吃的飲料、鹽酥雞，和水餃……

福德大叔：殿下漏掉滷味了。我推薦蔬果滷味喔。

地基主1007：明明是美村路那家最好吃。

虎爺：美村路最好吃的是牛排！

我好毒毒毒毒：虎爺你大概沒吃過什麼叫做「好吃的牛排」（輕蔑）

媽祖：呵呵，我家附近就有夜市。小昭下回來幫月老顧籤筒，我請妳吃夜市最好吃、排隊最長的西點喔。

城隍（新竹）：我家附近也是喔！・★,:*:・\(￣▽￣)/・:*・゜★*

城隍（基隆）：我家附近也是喔！・★,:*:・\(￣▽￣)/・:*・゜★*＋1

城隍：新竹和基隆的麥來亂啦！

…………

昭殿下默默闔上筆電。她真不明白，平常辦公的時候，明明大家都很nice，非常正經。為什麼上了FB社團以後就整個「走鐘（走樣）」，而且附帶嚴重離題和抓不到重點。

殿下不承認她上FB是求安慰。

——因為求也沒有用啊!!這群不靠譜的同僚!!

原本殿下以為，她早就淡定了，不管遇到什麼樣奇怪的供品都能面對。

但是她還是遇到讓她不知所措的供品。

某天，一個興奮的學生端了一杯「飲料」來供奉，說，「媽祖婆（別計較名稱了），這杯是很有名的『核廢料』喔！拜託讓我這次月考成績不會被我媽打……」

核廢料？是……我聽說過的核廢料嗎？

殿下有些憂慮的在筆電上查了「核廢料」三個字。果然，就是放射性廢料。

……這種東西能封在飲料杯裡面，不引起輻射嗎?!

她整個慌了。

神明和屬下大概不受輻射影響，但是人類怎麼辦？可等她google之後，那個少根筋的孩子已經跑得無影無蹤了。

殿下臉色青筍筍的抱著那杯「核廢料」，跑去找文昌君了。

中部眾多神明同僚中，恐怕他是最靠譜的。

（其實只是文昌君不怎麼上ＦＢ）

依舊忙得想撞牆的文昌君聽完殿下的焦慮後，忍了好久才沒噴笑出來。

「……只是名字叫做『核廢料』。這是一中街的名產……很好喝。」

搞清楚狀況的昭殿下立刻滿臉通紅，並且惱羞成怒。決定不管那個小王八蛋，最好考得很砸，不但他媽會請他吃竹筍炒肉絲，他爸還會給他加餐。

但所謂天不從人願，也往往天不從神願。

供奉核廢料的學生考得意外的好，以至於他歡脫得回來還願時，又奉上了「大珍珠奶茶」。

……你騙人！以為她沒喝過珍珠奶茶嗎?!哪來的珍珠，明明是皮蛋!!皮蛋加奶茶……這種味道你能想像嗎?!怎麼會有人買（並且有人賣）這種東西？

可不只是這樣。

這個小王八蛋連續兩次月考都比他自己想像的好（跟昭殿下一點關係也沒有），於是也在網上大肆宣傳了。殿下現了幾次真身努力闢謠，並且告訴他們該搭幾號公車去文昌廟……可是誰也沒理她。

那陣子供桌上往往有各式各樣的……一中街特產。

她只能無奈的擬文書轉燒給文昌君。雖然殿下不承認，但每次有「一中街特產」的時候，她會故作不在意的嚐嚐看，接受凡間的「美食震撼教育」。

印象最深刻的卻是，一杯「心痛的感覺」。聽說還滿貴的，一杯五十塊。在該平價飲料中價格算不菲的。

然後那是一杯白開水。

即使身為神明，殿下也明白了為何叫這名字。

之六　殿下的成長

下凡滿四年沒多久，殿下突然變得話很少，原本天生的微微笑意也不見了。雖然依舊認真而盡忠職守，但也只是公事公辦而已。

眾神明以為她只是想家。這是每個下凡神明的必經歷程，誰也幫不上忙。擾攘的人間，紛亂並且繁重的工作。會思念安靜並且井然有序的天界勢在難免。

而且武神調任文官，那就更困難了。

後來是某個小秘書悄悄的在案件裡夾了張陳情書給文昌君，他才發現案情其實不單純。

簡言之，殿下被凡人耍了。

事情是這樣的。殿下下凡代班了四年，對凡人的煩躁感漸漸降低，甚至有些太寬容。

無意間，在她沒主動現真身的狀況下，有個少年居然也看到了她，並且和她聊天。這樣的天賦讓她吃驚，雖然品行上不太好，但她覺得這孩子年紀輕，用心調教應該還來得及。

所以她用「廟公的女兒」這樣的身分與之親切交談，卻沒想到即使是少年，也可能用心險惡。

從殿下那兒知曉了「廟公」並不住在這裡，晚上廟裡沒有人的資訊後，在某個夜黑風高、殿下也剛好外出夜巡的時刻，這個不學好的少年和同樣不學好的夥伴，進入小廟偷竊了所有的香火錢和金牌。

殿下知曉後震怒的縱狂風追蹤而至，那少年還跟夥伴大聲嘲笑，「世界上哪有什麼神明啦，蠢透了！真有神明怎麼連自己的香火錢都保不住？還有笨蛋打金牌給木頭雕像……哈哈哈哈～」

不但如此，他們還語帶淫穢的談及了「廟公的女兒」，少年大言不慚的說很快就能拿下，而且還要拍照上傳什麼的。

若不是軍將們極力勸阻，五個小秘書都吊在後腰，殿下其實已經拔出腰刀。最後殿下唯一能做的，就只是讓那群小混蛋患場重感冒。

雖然殿下現真身鐵青著臉將金牌與錢搶回來，但香火錢被花掉大半，湊不齊了。

那幾個被打得爬不起來的少年又一副「要錢沒有要命一條」的皮樣，殿下又不能真的拿他們抵命……

她真的很想宰了這幾個禍害，尤其是那個欺騙她的少年。但她是神明，不是厲鬼，不能夠隨心所欲。

就是因為她的不謹慎和輕信，造成了當年爐主的麻煩。又愧又悔，震怒卻又只能憋著。太認真的殿下不但自我厭惡，而且也開始厭惡凡人了。

但這也說不出口，實在太丟人。她一直強忍著，一絲不苟的執行公務。可殿下一天天的心情低沉，小秘書們越看越難過，最後公推了一個文筆最好的，偷渡了一封陳情書給「最有智慧」的文昌君。

原來不是想家啊。文昌君捏著文書想。但是，直言的話，殿下絕對不會承認吧。

他想了想，略為連絡一下，就完全搞定了。

然後殿下接到委託。月老和文昌君把時間讓出來，請昭殿下先去幫幫忙得分身乏術的中壇元帥。

若是票選全台最受喜愛的神明，中壇元帥三太子一定入圍前五名，媒體曝光率絕對高居第一。

昭殿下跟中壇元帥雖然沒有直接業務相關，但起碼混個臉熟，還是很友善很有話講的臉熟。

他們倆都是武神，而且，恐怕會讓人大出意料之外的是，兩個人的個性本質都非常嚴肅認真。

其實稍微思考一下就能明白，何謂「中壇元帥」？哪吒元帥的主要職務是五營神將之首，他管轄的軍將數目絕對是超乎想像的。只要是神明出巡，幾乎都是他和直屬部下轄治著五營負責出入平安。

你覺得這樣的神明，個性能夠不嚴肅認真嗎？

這種過分認真、甚至追求完美的神明，往往都是把自己累得最嗆的那種。

一開始昭殿下還百思不得其解，為什麼認真嚴肅的哪吒元帥一旦降乩，會與他原本性格相差十萬八千里遠，完全退化成兒童狀態……倒跟他ＦＢ奔放歡脫的形象相符合。

（ＦＢ上他自稱「中壇很帥」）

後來殿下認識了一個新詞：「正常能量釋放」，才頓悟了哪吒元帥的行為模式。

殿下去見元帥，哪吒大人臉色灰敗，兩眼無神。她有點擔心，繼月老過勞老得快後，中壇也快帥不起來了……累的。

「殿下……」哪吒元帥有氣無力的說，「這個月不是進香就是遶境。我跟部下們……已經竭盡全力了。」他往香案上一趴，除了偶爾抽搐，幾乎一動都不動了。

昭殿下擔心的看著他，默默無言。不管是哪個神明出巡，哪吒元帥都是必到的「中壇元帥」。他雖然有直屬部下可以代班，但是元帥本神是非常嚴謹（或說龜毛），所以能得他青眼納入麾下的，實在不多。

神明的職務就夠多了，民間乩身又最愛他。為了回應這份摯愛，元帥真是豁出命來了。

「元帥，」這個時候，殿下完全忘記自己的低落和問題，小心翼翼的問，「不知道末將能為你做什麼？」

好半天，元帥才艱難的將頭抬起來，「……娘娘要巡視十八庄。」他掩面而泣，「但是排不過來了啦！這個月有!@#$，還有%^&*，然後還有這個那個巴啦巴啦～」

他盈盈淚目的看著昭殿下，「能不能，能不能代執中壇？陪娘娘巡視？我保證都是小咖的，只要不讓他們驚擾娘娘聖駕就可以了！對殿下來說，只是一片小蛋糕吧？」

其實殿下完全沒聽懂他說的行程安排，也不懂什麼是「一片小蛋糕」。但是同為武神，是很明白那種分身乏術的無奈和疲勞。

而且是為了媽祖娘娘。

其他人總是客氣的喊殿下，只有娘娘會親切的喊她「小昭」。雖然她的名字並不是「昭」。

不過，誰在意啊。

「好的。」殿下點頭，接過令旗，「末將僭越了。」

她很認真的前去晉見媽祖娘娘，所以沒看到身後的中壇元帥生龍活虎的跳起來，笑嘻嘻的比了一個V，這段影片火速傳到文昌君的line。

文昌君看完，微妙的笑了起來。

＊　＊　＊

起駕那天，昭殿下非常嚴肅的做足了「中壇元帥」該做的事情。

這對她來說駕輕就熟，在天界她雖然不是元帥，但也鎮守一方，手下也有七萬天兵，依舊被戲稱為「娘子軍」。事實上，她麾下的確有不少女將。

當然那些都是往事了。雖然對神明而言，一甲子六十年不過是一瞬間。但她已經開始懷疑有沒有辦法繼續護佑凡人……在被凡人欺騙侮辱之後。

她無比的想念荒涼的邊關，和她的娘子軍。

但走神只是很短的一會兒，神樂乍起，娘娘起駕。發現娘娘的轎班居然也都是女性。殿下不禁微微笑了起來。

不是很相宜嗎？娘娘的女轎班，和護衛娘娘的女元帥。

現在她該專注的是，此時，此刻，現在。和身為「中壇元帥」的職責。

踏上遶境的路程，率領著五營神將。

遶境要二十三天，殿下繃緊了精神應對。

其實凡間不像凡人想的那麼和平安全。就像是神明也並不是無敵的。萬事都是平衡的，有陽必有陰，有善必有惡。能夠有武力隨行的巡視，往往就是將一整年累積下來的陰暗和邪惡設法掃除的好時候。

而這些陰暗和邪惡也不見得會束手待斃，往往在凡人看不見的地方，殺聲震天，血肉橫飛。

凡人能看到的不過是一陣風飛沙或是一陣雷雨，或者更平常的嚴重酷暑罷了。但掃境能那麼平靜嗎？不能的。

開頭三天，殿下已經非常疲憊，血染盔甲了。她不禁敬佩起中壇元帥。

「小昭。」媽祖娘娘撩起轎帘，「累了吧？上來坐坐歇歇腳。」

殿下婉拒，這太不敬了。

娘娘掩口而笑，「我不講那些虛的，來來。」

隨侍的娘娘秘書笑著將昭殿下推上神轎，她很不好意思的坐在轎沿，嚴肅而拘謹。

「瞧瞧他們。」娘娘指著隨著神轎而行、摩肩擦踵的香客，「不覺得他們很可愛嗎？」

殿下愣了一下，「……不覺得。」凡人其實是種非常容易動搖和背叛的生物。他們會花言巧語，會欺騙。她前導的時候，看到了許多怪現象。

固然有人虔誠的奉茶奉食送這送那，但是當中有些人吃了喝了拿了，怪這怪那之後，又背棄他們對神明的誓言，半途跑了。

「但大部分，絕大部分都會履行。今年不履行，或許明年，後年……將來的某一年。而且，小昭妳怎麼只看到不好的，沒有看到無私奉獻的那些呢？」娘娘責怪的輕輕拍著昭殿下的胳臂，「凡人，不是一個人，或幾個人能夠代表的。」

「小昭，妳用心聽過他們的心聲嗎？聽聽吧。」

除了鞭炮鑼鼓和喧譁，還能聽到什麼？不過是無止盡的勒索……

殿下聽到，相信和感謝。

我們的媽祖婆、眾神，我們的。

像是浪潮般，撲面而來。強烈深沉的聲音，穿透一切喧囂，真摯的呼喚直至眾神的心靈。

……任性的、愚蠢的凡人。掩住耳朵也不能阻止那呼喚，逼迫神原諒、垂憐，像是大部分的父母都會憐愛自己的孩子。

討厭的凡人。

疲憊一掃而空，渾身充滿精力。

娘娘攤了攤手，像是要擁抱萬民，「無知又吵鬧的孩子，卻往往能給予父母力量。」

殿下跳下神轎，緊了緊刀，「不是的。是孩子太鬧太沒用，刺激父母非拿出所有能耐不可。」

她仰天發出一聲清嘯。那聲音是如此的悠遠清亮，像是閃電劃破夜空後那聲長遠共鳴的霹靂。

娘娘笑了。

原本必定下雨清掃陰惡的遶境，這一年卻一改之前的綿綿，而是狂風暴雨附帶雷霆閃電。

因為這一年有個太過盡忠職守的「中壇」，讓娘娘很清閒……昭殿下完全是開無雙模式，五營都差點跟不上她的腳步。

她像是一把尖刀瘋狂的插入陰暗中，撕裂一切邪物和陰祟。

最後她甩了甩沾滿邪物鮮血的馬槊——腰刀早就砍出缺口。然後遺憾，二十三天的遶境太短了。

這次遶境不但讓媽祖娘娘很清閒，也讓殿下非常受歡迎。在某些月份，月老和文昌君逮不到殿下幫顧籤筒——早被中壇元帥霸占去代班了。

只有一件事情三太子很納悶，他line了文昌君。

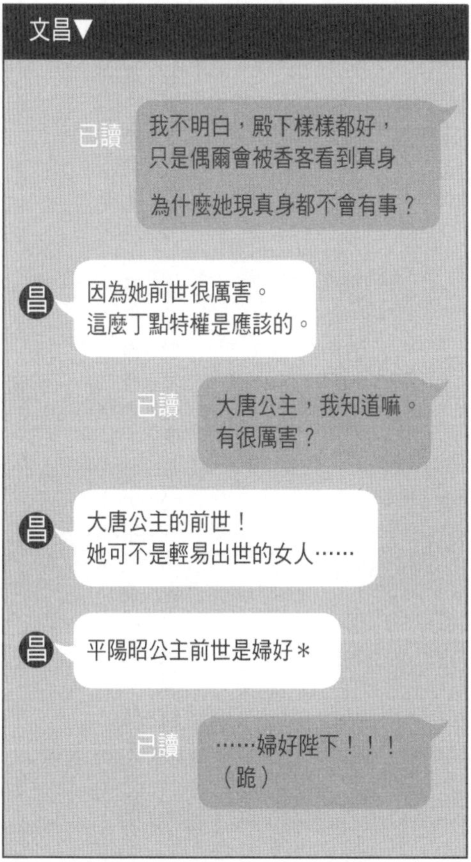
文昌▼
已讀
我不明白，殿下樣樣都好，
只是偶爾會被香客看到真身
為什麼她現真身都不會有事？
昌
因為她前世很厲害。
這麼丁點特權是應該的。
已讀
大唐公主，我知道嘛。
有很厲害？
昌
大唐公主的前世！
她可不是輕易出世的女人……
昌
平陽昭公主前世是婦好＊
已讀
……婦好陛下！！！
（跪）

之後昭殿下很納悶，因為中壇元帥多次嚷嚷著「請收下我的膝蓋」。

※婦好，商朝王后。是中國歷史上有文字記載的最早的女政治家、軍事家。事實上應該也是大祭司。在此設定她是屬於神明也會敬佩的凡人。（詳見維基百科「婦好」）

之七　酬神

擔任中壇代班的時候，往往會看到花車鋼管秀。

殿下表示不可思議。凡人不但供品很有創意，連酬神賽會都超乎想像。

ＦＢ社團上。

昭：……鋼管辣妹沒有問題嗎？我以為照凡人的法律是不許可的，風化罪之類？

月老：殿下是看哪年的律法？太過時了，趕緊扔了吧。

城隍：沒事兒。早年還慢慢脫光呢，現在還有衣服遮掩。

虎爺：殿下這麼保守好可愛。@/////@

中壇很帥：幸好現在還有遮掩，早年脫光的時候眼睛都不知道往哪擺。

媽祖：別這樣，雖然我也不喜歡，但是總給人留碗飯吃。生活總是不容易的。

福德大叔：給人留碗飯吃＋1（愛是恆久忍耐又有恩慈）

王爺：給人留碗飯吃＋2（愛是不嫉妒）

目光千里遠：給人留碗飯吃＋3（愛是不自誇不張狂）

濟公好佛：給人留碗飯吃＋4（愛是不做害羞的事）

我好毒毒毒毒：給人留碗飯吃＋5（上面四樓都引用哥林多前書。而且好佛，明明鋼管辣妹是很害羞的事）

…………

昭殿下輕輕的闔上筆電。她深深感覺到同僚越來越厲害，到＋48都看不出來到底算離題還是沒離題。

大致歸納起來，神明並不太在意酬不酬神——最少公務員性質的正神不在乎。酬神畢竟是花錢的事情，許多角頭小廟根本花不起，以至於十年甚至數十年都沒建過醮，沒有酬神賽會，但神明依舊溫愛的看護。

但是凡人願意答謝神明，神明也不會拒絕。畢竟是心意。

可凡人的心意往往會讓人哭笑不得。比方說遠早的脫衣舞，和現在的鋼管舞。沒辦法，凡人生活不易，能笑笑過去的事情就笑笑過去。

就像殿下代管的小廟，幾個月一次，都會演個布袋戲酬神。理由不外乎是，賺大錢了，喜獲麟兒了，疾病痊癒……種種和殿下相關或不相關的願望實現了，歡天喜地的唱個一天半天的布袋戲。

小廟沒有廟埕，所以戲臺得搭到馬路對面，連給行人看的空間都沒有——完全是給神明看的。

坦白說，不好看。就一輛貨車改裝的戲臺，放錄音帶的戲曲。可因為是「心意」，她還不能嫌棄。

殿下只能嘆氣，無奈的。

某天，那個第一個恭奉「核廢料」的小混蛋又來了。

殿下將他取名為「茶包」。因為她記不住trouble怎麼拼。

這小子就是麻煩的化身，做遍了一切白目小孩會做的一切蠢事。夜遊什麼的還是最小兒科的小事，逛鬼屋逛公墓也是尋常。他還不只一次的撿到各式各樣奇怪的東西。

每次看到神經很大條的茶包背後掛了一大串的孤魂野鬼來拜拜，殿下都會想對他吼，叫他找神明比較常在家的大廟罩，不要來這兒。

萬一哪次殿下在外代班公辦不在家，你認為他後面那串是小秘書或超嫩軍將能處理的嗎?!

但是他運氣卻超好的。每次惹了一大串，都會挑殿下剛好在家的時候來，奉上各種古怪神奇的供品。

雖然超想一掌將他巴死永絕後患，殿下還是拚命按捺性子……畢竟見死不救不是她的原則。

我人真是太好了，殿下想。對於一個供奉榴槤酥的小混蛋，沒將他拍到大馬路上，還幫他說服那位執意想冥婚的小姑娘，真是佛心來著。

誰讓茶包撿了人家的東西。

雖然殿下是按著刀柄說服了鬼姑娘，但終究是說服成功不是嗎？只是怒氣衝破極限，忍無可忍的托夢去將茶包大罵了一頓。

這讓茶包終止了亂撿東西的習慣，壞處是他更虔誠的信仰「媽祖婆」，收集了更多更莫名其妙的供品。

你相信嗎？他居然突發奇想，拿盒小美冰淇淋來拜拜。不用膝蓋想也知道，拜完也全融化了。內容物……連最不挑嘴的軍將也不吃吧？？！！

然後他下次進化了。他帶了一個啤酒杯，一盒小美冰淇淋（香草口味），一大寶特瓶的可樂。將小美冰淇淋挖出來扔進啤酒杯，然後將可樂也倒進去。

「自製漂浮可樂！融化也好吃！」茶包很亢奮的豎起大拇指，「媽祖婆也說讚！」

……讚你的頭。明明給你三個陰筊！還有，明明告訴過你，偺祖媽不是媽祖娘娘！

但茶包會聽人話就不叫做茶包了。他發明了各式各樣的食譜來豐富供品的種類。

那真是一個災難似的夏天。

值得慶幸的是，這小混蛋高三了，開始陷入無涯學海，沒空發明創意供品……

殿下表示欣慰。

可清靜沒多久，茶包揪團來拜拜，帶了茶包二號和茶包三號來求上「好大學」。

……馬路對面的公車站可到文昌公廟啊！殿下現真身告訴茶包不只一回了！

「註生娘娘管考試嗎？」茶包二號憂慮的說。

「明明是觀音媽。」茶包三號糾正。

「你們不懂啦！」茶包很堅定的說，「我之前成績超爛的，就是媽祖婆保庇，成績才好起來的！媽祖婆法力無邊，回頭是岸啊！所以我們來拜拜是對的！」

昭殿下，已絕望。她再也不想跟這個無理取鬧的世界爭辯了。

茶包團幾乎天天來，而且把考得很砸的考卷留在供桌。殿下原本不想理他們。茶包的成績跟她半點關係都沒有，殿下也不代寫作業包考試成績。

但時日久了，她居然覺得茶包團……有點蠢萌。

她想，一定是那些奇怪供品把她的腦子也搞壞了。

深深嘆了口氣，她親自拿了茶包團的考卷去找文昌君。國史地類她還能看看，要求一個武神通曉理數英化未免過分。

「其實他們很用功。」文昌君笑了，「總是功虧一簣……妳瞧，思路是對的，但總是在關鍵的部分粗心。比方說這一題……」

文昌君講解完一題數學題，殿下有種暈眩想吐的感覺。

太可怕了。比奇門遁甲還複雜。

但聰明智慧的殿下還是聽懂了茶包團的困境。就像是國史地往往錯誤在錯字上，非常可惜。

「……文昌君有辦法嗎？」殿下小心翼翼的問。

「不行。」文昌君很果斷的拒絕，「錯的依舊是錯的。」

連主管文運和考試的文昌君都沒辦法，身為武神的昭殿下又怎麼能有辦法。

但是俯瞰著三張稚嫩又信賴的臉孔，她又狠不下心。

如果他們本身並不認真用心，殿下能夠漠然的視若無睹。可他們明明很努力很疲累，好幾次上完香就在一旁的椅子上睡得東倒西歪。

看不下去。

最後她在規則內，做了一次集體托夢。其實也沒說什麼，只是認真跟他們做了一次總檢討，要他們對自己有信心，要從容不迫。

而且務必，務必要多檢查兩次考卷。

很老生常談，完全沒有新意。但因為是尊敬的「媽祖婆」托夢，這三個小蠢萌醒來相互印證後，信心簡直爆棚，第一時間衝到小廟，發誓要一起考上大學然後回來還願。

「欸，你們知不知道廟公的女兒？」茶包突然叫了起來，「昨晚夢見的媽祖婆好像廟公的女兒喔！」

「是廟公的女兒像媽祖婆好不好？」茶包二號翻白眼。

「廟公的女兒是哪個？在哪在哪……喔！好漂亮！」

……拜託你們三個小混蛋滾出我的廟，立刻！

結果茶包團都考上了某夜市附屬大學，聽說家長都高興得放鞭炮。

殿下也露出欣慰的笑容……直到茶包團來還願。

「不好意思喔，媽祖婆，本來應該請棚戲來謝神。」茶包笑得很害羞，「但是我們沒錢，所以決定自己來了。」

……不用好嗎？神明其實不求這種回報的。而且，茶包拎著大聲公，茶包二號拎著小號，茶包三號拎著吉他……不知為何，殿下有種不祥的預感。

茶包團怪叫一聲，開始載歌載舞。

「我的好朋友，號角響起來囉，喔喔，喔喔喔～」茶包用大聲公忘情高歌，茶包二號小號高亢，茶包三號彈著吉他，一面唱一面跳。

此時是下午四點半，對面的公車站牌和半條馬路正被學生占據。也就是說，茶包團吸引了所有的目光，而且開始有人聚集了。

昭殿下感到丟臉。

「今天要去哪裡，我們要去媽祖廟，喔喔耶耶耶！」

「法力無邊又善良，女神風範無人敵，廟公欸女兒最美麗！耶！」

「呑巴啦呑巴啦欸欸喔，喔喔喔喔喔喔～」

聚攏過來的人牆一層又一層，幾乎人人都拿出手機攝影拍照，不斷的發出巨大笑聲。

昭殿下真的感到無比丟臉。

酬神就酬神，為什麼要剽竊食尚玩家浩角翔起的開場歌？以為她沒看過嗎？

殿下突然覺得，其實布袋戲還滿不錯的……絕對比茶包團的載歌載舞好千萬倍。

之八　麻煩

常常在神明社團FB露面的虎爺，其實是中部虎爺神格最高的「總將軍」，聽說他是天上白虎神君的凡間化身（也有一說是影子），但他總是笑而不答。

整個中部所有的「虎爺」其實都是他的屬下，編制有些微妙。

就像是不管誰家的五營軍將都是朝凡間遊蕩的孤魂野鬼（人類）招募，虎爺招募實習幹部也是朝有大願或有功德的動物亡靈招募。

大部分是貓，這跟虎爺的出身有關，但也有小部分是其他動物……最普遍的是狗。

所以偶爾有人見到廟裡「虎爺」的真身居然是黑犬，也不用太懷疑，這是因為虎爺頭頭並沒有太強烈的貓科沙文主義的緣故。

但是跟閒閒沒事很八卦的地基主N號（N屬於自然數）不同。地基主是最基層，很有公務員風範的喝茶看報紙……這個時代是喝茶玩電腦（或手機）。

生前是人，任職後又與凡人的生活最貼近，過得很活潑也是理所當然的。

實習虎爺就不是了。他們通常都駐守在各大廟宇協助看守門戶，同時累積修行，跟凡人的生活有距離。而且生前不是貓就是狗，能把話說清楚，已經很了不起，看得懂文字已經算勤勉了，別要求他們還會打字或者朝更小的手機螢幕輸入……

爪子不支援，太殘酷了。

目前所知能夠輸入流暢，甚至精通各種表情符號的，只有他們的老大，正職的虎爺大人。

殿下和虎爺的交情就是在FB上面建立起來的。虎爺大人是個自來熟，熱情得有點沒神經的神明，最大的嗜好就是照顧新來的。

昭殿下能夠飛快的適應網路生活，融入神明社團，可以說虎爺當居首功。不管新來的殿下說了什麼，虎爺總是飛快用五花八門的表情符號回應，讓她覺得溫馨、被接納。

雖然殿下從來沒說過，但她還是很感激虎爺的。所以她這麼認真的人，能夠無視虎爺的無厘頭。偶爾虎爺脫線惹禍的時候，殿下也會悄悄幫著抹平。

但是這回，殿下第一時間就無情的拒絕了。

因為這回惹禍的不是虎爺，而是他的部屬。偏偏這位頂港有名聲下港有出名，殿下連「茶包」之類的別名都不想取了，直接稱之——「麻煩」。

這隻名為「麻煩」的實習虎爺……抱歉，見習虎爺，生前是隻黑貓（公），非常喜歡小孩……不管是什麼動物的幼崽。他的貓生只有十二年，卻照顧了二十四隻仔貓（把屎把尿教用貓沙），五隻狗崽（不要懷疑，他養的狗崽也會用貓沙），是某流浪動物之家的最佳爸爸。

他會往生，也是因為搶救一隻誤入快車道的幼貓。

不論功德，就讓虎爺大人感動哭了，何況的確功德無量。所以，第一時間就被納入虎爺的麾下。

但是開了靈智的見習虎爺不是少根筋……是該問他到底還剩哪根筋。

理論上來說，除了殿下，還沒有哪個神明有外掛可以隨便現真身，最常規的手法是托夢。

偶爾被撞見真身，幾乎每個都會露出很驚悚的表情，內心的OS無一不是，「挫屎！」

因為這是要挨罰的。像是那隻黑狗兄實習虎爺，被小孩看到，狗鼻子被彈了兩百下，痛得一個月過後都還抬不起頭來。

但是見習虎爺更糟糕。保守估計他尾巴被扯了上萬下還誓死不悔。

因為他實在太喜歡小孩了，個性又非常馬虎。

所以他在哪任職就會闖出禍來。他曾經偷偷現真身跟人類小孩玩，卻又在人類小孩面前直接隱沒入金身裡，把小孩嚇得魂不附體，引來師公「收妖」，然後被拉兩百次尾巴之後炒魷魚。

他也曾憐憫附近的孤兒貓崽，叼回自己案下，用雞蛋餵養，可是他忘記要收拾蛋殼，結果看到蛋殼感到奇怪的人類蹲下察看，赫然看到石雕的虎爺準備「吞噬」小貓（其實是在為小貓清理毛皮），慘叫後又引來師公「收妖」，然後被拉兩百次尾巴之後炒魷魚。

…………

諸如此類，層出不窮。

要知道，一般如此罪行受罰的不只是實習虎爺本身，還有同廟主神必須連坐受罰。

雖然不過是罰站幾天，但一廟主神在大馬路邊罰站真是夠丟人的了。

以至於到現在，見習虎爺快淪為孤魂野貓，無處願意收留了。

「拜託嘛，殿下！再沒有神收留阿黑，他連最基礎的神格都無法保留了。」虎爺苦苦懇求。

「恕難從命。」殿下神情冷淡的拒絕，「屢教不改該怪誰？就是因為這個麻煩，尾橋土地不但被罰站，還差點被人類當妖孽砸廟了。」

誰家石雕的虎爺會眨眼做鬼臉逗小孩？尾橋土地真是倒大楣。她可不想收這個麻煩!!

「我保證這是最後一次，他真的悔改了！」虎爺眨著盈盈大眼，楚楚可憐的說，「please.」然後用尾巴飛快的掃了阿黑一下。

阿黑飛快醒悟，用同樣楚楚可憐的表情和盈盈大眼看著殿下，說，「please.」

殿下冷冷的說，「裝可憐對我沒用。」

轉頭一看，卻發現裝可憐對她的部下都非常有用。特別是小秘書們，幾乎要捧臉尖叫了。

「好可愛啊～」、「是靴貓！靴貓的再現版啊！」、「我要融化了啦!!」

於是殿下的部屬（包括軍將）全體叛變，「求求妳了，殿下！please～」

……噗你妹。

殿下跟部屬冷戰了一個禮拜，但是沒人在意……都在跟阿黑求貓肉球。

昭殿下真要氣死了。

最後阿黑垂著耳朵，非常萌的望著殿下，小心翼翼的求饒，「殿下，我會乖的，不要討厭我好麼？」

殿下平靜的看著他，「不乖也無所謂。」

阿黑剛開心的豎起耳朵，殿下冷酷的追加幾句，「敢連累我，我直接將你吊樹頭。」

「喵啊～」阿黑慘叫的豎起全身的毛，尾巴蓬成松鼠樣，「救貓啊！虐待動物啊！抗議啦～」

殿下沉默的扔出一截麻繩，阿黑的哭鬧聲立刻掐斷了。

不要以為可愛就是無敵了。殿下冷笑。在我面前行不通。

雖然殿下的小廟並沒有真正的虎爺金身，但是小廟原本就在供桌下雕塑了兩尊不知道是獅子還是老虎的塑像。原意可能只是美觀。

見習虎爺的開光本來就沒有很大的要求，何況是身為神明的殿下親自點睛。

一開始，阿黑的確很安分。主要附近出沒的通常是國高中生，又在大馬路邊，符合阿黑定義的「小孩」實在很少。

只是偶爾出現「小孩」時，阿黑都會含情脈脈的看著，然後忍得大粒汗小粒汗。

殿下懷疑，阿黑會不會是傳說中的蘿莉控？但是他對性別沒有要求……不對，他對種族都沒有要求啊喂。

但是時日久了，阿黑開始鬆懈……對著跟著阿公來廟裡拜拜的小孩眼珠閃閃發光。

殿下毫不留情的往他腦袋巴下去，導致金身出現裂痕，後來是虎爺老大跨越半個中部，千里迢迢拿補土來糊才終止阿黑的頭痛。

「殿下！妳下手就不能輕點？」虎爺大人想哭了。

「軍令如山。」殿下非常冰冷的回答。

阿黑和虎爺抱頭痛哭。

想哭的是我吧？殿下想。一刻都不能鬆懈。

在殿下「鐵的紀律」之下，阿黑似乎被矯正過來。最少沒傳出什麼真正「目擊虎爺事件」。

至於是不是小秘書和軍將們強行掩護，殿下已經不想太追究了。

只要別鬧出大亂子，很認真的殿下也不是不近人情的。

再說，雖然是被強迫收下的，但終究她已經將阿黑收入麾下，並且嚴格管教了。

若還出事，那就是她的責任。

這是當頭兒該有的覺悟。

說不定，她早就有預感，阿黑遲早會破功。

阿黑來一年多後，殿下出差歸來。

小秘書和軍將表現得太殷勤。明明出差期間，比較大的案件都會用line傳給殿下，沒有出什麼槌才對。

但是他們的表現像是出大包了。

殿下冷靜的環顧，默不作聲的一個個看過去，每個部屬都低下頭，不敢和殿下對視。

就在這個時候，阿黑低頭從案下鑽出，小心翼翼的將嘴裡輕叼著的幼燕放在殿下面前，然後匍匐，兩眼含淚的低頭認罪。「殿下，我錯了。我甘願……被驅除當孤魂野貓。但是拜託，這孩子沒有罪……救救她吧！」

……馴養太過啊。馴養到連燕子的幼兒也憐愛嗎？

黃口的小燕子發出很大的聲音，在地上翻滾著，最後滾到阿黑身邊才安靜下來。

「她從巢裡掉出來了。」阿黑睜著圓圓的大眼睛，眼淚一滴滴的掉下來，「本來有人類要救她……但是不可以啊！沾了人類的味道，燕子的爸媽就不要她了，搞不好整個巢的小燕子都不要了。」他嗚喵的哭，「這樣不行啊，沒辦法啊……」

說不定，殿下盛怒之下，會將他的金身打碎。他勢必要承受無比痛苦然後從此流浪無依，成為孤魂野貓。

但是沒有辦法。沒有辦法眼睜睜的看著啊。

他只能發著抖，將幼燕啣回來，笨拙的抓蟲子餵養。然後，認罪。

殿下雖然很可怕，但是很公平，不會遷怒。說不定她會憐憫這個小孩。小孩就能活下去了。

小孩子是有無限未來的。活著多好多精彩，不該在還沒長大就死去。

「你怎麼不去投靠佛祖？」殿下冰冷的說。這種風格，比較適合吃素的和尚吧？聽說某禪寺伙食很不錯。

阿黑抽噎著，滿臉困惑，「我怎麼能夠對不起老大？我不會改宗的。」

「……………」

殿下捧起那隻幼燕，很欣慰小秘書和軍將們沒攪和進去。要是他們也跟著發傻，她神通再廣大也無法一手遮天。

最終殿下在夜深人靜時，將那隻幼燕清除所有味道，塞回燕巢裡。真正神不知鬼不覺的解決了。

但是，死罪可免，活罪難逃。

小秘書和軍將們被罰站，足足在十字路口站了一個禮拜。

阿黑很幸運的沒有吊著脖子掛樹頭……而是被綁著肚子掛在樹梢晃足七天。

可殿下很明白，麻煩終究還是麻煩，吊上七百年也不會改的。

深深嘆了口氣。向來不與私神打交道的殿下破了例。因為她的女紅已經快忘光了，不得不去姑娘廟請教。

不知道戳了多少次的手指，才終於做好了一個惟妙惟肖的黑貓布偶。開光後，黑貓布偶睜開眼睛，阿黑就因此成了第一個貓身的見習虎爺。

殿下親手做的，當然恍如真貓。阿黑不管再怎麼出槌都不會有人大驚小怪了……不過是隻廟裡養的「黑貓」。

看起來萬事大吉，可喜可賀，可喜可賀。

……才怪。

她看到一張圖片被傳得亂七八糟，大家都狂呼「好可愛的虎爺」。上面是打翻的香灰，布滿貓腳印。雖然人類看不到，但是角落和陰影完美的融合在一起的，是傻笑的阿黑。

殿下後悔了。

她就不該給阿黑做輕盈的「金身」。畢竟石頭做的金身，只能在平地上跑跑，而不會爬到樓頂撒歡留痕跡。

殿下開始尋找材料。這次她想用玫瑰莖條代替麻繩，說不定阿黑這次能真正學到教訓。

註：其實小燕子被人類撿起來放回巢裡是沒有問題的。但你不能指望一隻智商不足的見習虎爺和沒養過任何寵物的邊關武將知道這些常識。

之九　化厄

這片小森林所在，與其說是個迷你公園，還不如說是個大型安全島。兩旁都是雙線道，最初始的部分正好和一條四線道成丁字形。因此很神奇的兩個紅綠燈相距不到二十公尺。

順著安全島森林一直走下去，盡頭是在哪裡呢？有時路過的時候，少年會這樣想。

雖然住在附近而已，奇怪的是，一次都沒踏入過。兩旁的樹木筆直秀麗，護衛著當中的紅磚道。磚縫有著古意盎然的青苔，氣氛閒適。有時多雲的晴天早晨，只有安全島森林會蒙著乳白色薄紗般的輕霧。

在當中散步一定很舒服。

即使這麼覺得，還是一次都沒有實行過。

只有被紅燈攔下的時候，騎在機車上的他會有這樣的觀察和感慨，可一旦綠燈，油門一轉，又立刻忘了個乾乾淨淨。

就在他考上大學的第二年，頭回有機會踏上安全島森林。

事情是這樣的。

過了一個綠燈，但二十公尺外的紅綠燈卻開始閃黃燈。雖然勉強衝可能也可以，但是車流量有點多，他不想冒險，所以減緩速度慢慢停下來……卻碰的一聲被撞倒在地。

他瞠目看著從安全島森林衝出來的紅衣女孩，有點摸不著頭緒。

萬萬沒想到會被行人連車帶人的撞倒。

「對不起對不起！」紅衣女孩眼眶含淚，「我不是故意的！要不要緊？有沒有哪裡痛？」

少年被紅衣女孩攙扶起來，有些羞赧的掙脫，「沒事。」他的確不覺得哪裡痛，雖然他的機車摔爛了機殼，發動不起來。

「不行！」紅衣女孩露出可愛的怒容，「還是要給醫生檢查檢查！你還能走嗎？走這條路，只要走一點點路就有醫院了……比叫車還快。不能走的話，我背你……」

「不、不用。」少年更不好意思，「就說沒事了……我能走。」

紅衣女孩卻堅持攙著他，力氣還真有點大，他都覺得自己走得輕飄飄的。

磚縫的青苔翠綠可愛，秀麗優美的樹木伸展著美麗的線條。晚風徐徐，在初晚、尚明亮的天色下，靜謐得令人忘憂。

翠綠枝枒切割著令人頭暈目眩的晚霞。

少年停下腳步。「……好像明信片啊。」

紅衣女孩微笑，「前面，有更美的風景喔。」

這一刻，少年忘記了為什麼走入森林。「是嗎？那我們快走吧。」

但是天黑得很快，最後的天光消失，但森林裡並不全然黑暗，像是進入了黑白照片，萬物有著明晰的輪廓。

星光燦爛如河，萬籟俱靜。

但這一刻的寂靜卻被打破，明明很威嚴卻非常好聽的聲音傳來，雖然充滿怒意，依舊讓人嚮往的美麗聲音。

「……茶包！」

是廟公的女兒。她怎麼會在這兒？

有的時候少年想，她真的不能說「漂亮」，那太輕浮了。勉強能夠形容的就是，「美」。

看到她的身影就會湧出一種感動和戰慄，太過感動的戰慄。以至於總是驚慌失措，連話都講不完整。以至於直到現在，還沒問出她的名字。

現在，她拿著一枝枝枒，往他身邊揮過去，立刻開滿了鮮紅的花……只是豔麗的紅色花瓣立刻飄零。

原來花朵不只是有綻放這一種美麗。

花瓣紛飛處，舞起一陣流螢。

「……為什麼都市內的森林會有螢火蟲？好美啊！」少年喟嘆著。

廟公的女兒凝視著他，指著前方的流螢，「你認為那是螢火蟲？」

「本來就是螢火蟲。」少年莫名其妙。

她安靜了片刻，舉起花瓣猶在凋零的枝枒，「那這是什麼？」

「花啊。」少年更摸不著頭緒，「紅花，一直在掉花瓣。」他好奇了，「這是魔術嗎？之前妳拿著的只是光禿禿的一根樹枝。」

「……這樣也好。」廟公的女兒收起枝枒。果然是魔術，她手上又什麼都沒有了。

他本來想問清楚，卻感覺痛。原本是隱隱的，從四肢百骸滲出，強度卻漸漸增加，腿一軟，就跪坐下來。

然後就爬不起來了。

「起來。」廟公的女兒皺眉，「茶包。」

「欸？原來妳一直叫我茶包啊。」他有些虛弱，卻笑得很開心，「好的好的，我就是茶包。」

廟公的女兒繃起臉，看起來很不悅。他的心也顫了一下，擔心是不是惹煩了她。

但她只是做了幾個深呼吸，然後嘆息。在他越來越痛，視線越來越模糊的時候，伸出她玉白的手。

真的，好白。一般人的手掌是紅的，她的手心卻白得像是玉蘭花。緊張得後背冒汗，將手搭在她掌中，才發現，沒有看起來那麼細膩。

有繭，有疤，有點粗糙。可是，非常溫暖。溫暖得……他原本的疼痛緩解了，視線也恢復清晰，四肢重新灌注了新的活力。

他站了起來。然後，讓廟公的女兒牽著走。

大腦一片空白，心跳得好快。空氣中環繞著一股從來沒有聞過的花香。非常隱約、模糊，但他永遠不會忘記。

心臟，真的跳得好快。

天上的雲飛逝，讓皎潔的月忽隱忽現。但這樣曖昧的月光也讓森林染上一層淡淡的光暈，讓秀麗的樹木，更加嫻雅。

「真的好像明信片裡才會有的景色。」少年說。

「……所以你沒有看到蓋得亂七八糟的房子，和亂七八糟的電線囉？」

欸？對啊，為什麼安全島外什麼都沒有，只有一片朦朧。

「快想起來吧。」廟公的女兒無奈的說。

要想起什麼？我、我為什麼會進來這片森林呢？

「那個紅衣女孩呢？」他終於想起來，「說要帶我去看醫生，走著走著就不見了。」

廟公的女兒笑了起來，「告訴你一個好消息。『他』的性別不是女性，甚至不是……」

「哇靠！原來他是女裝癖！好像啊，也難怪啦，他穿女裝超合適的，一點點都看不出是偽娘啊！」

廟公的女兒不跟他說話了。

然後他覺得越來越疲倦，開始走不動了。他好想休息一下。

「不行。」廟公的女兒像是看穿了他的心思，「沒多遠了，走出森林，你就可以休息了。想休息多久，就能休息多久。」

車聲，人聲，突然撲面而來。再一步就能走出森林……但是他止步了。

走出去，這個美麗的夜晚就結束了。

「別再茶包了。」廟公的女兒用力將他拉出森林。

少年覺得好累，非常疲憊。連坐著的力氣都沒有，只能側躺在地上。廟公的女兒鬆開了手，爆炸性的疼痛發瘋似的湧入。

他想尖叫，卻只發出一點點低啞的呻吟。

廟公的女兒俯瞰著他，神情無悲亦無喜。但是她對他說，「不要怕。生或死，都只是過程。」

話語很冷酷，她卻輕輕擦拭少年的額頭，讓血不再滴入他的眼睛。

……其實他還真沒來得及害怕。不知道為什麼，他沒有「我要死了」這種恐慌。也許是缺乏實感的緣故，他眨眨眼，努力從模糊中凝視著廟公的女兒。

「妳的……名字？」最少也要知道這件事吧？

她靜默片刻，「你們這些茶包，什麼時候才能抓住重點？」

「妙。女……少……」名字裡一定有「妙」這個字吧？

因為少年的視線已經模糊不清，所以沒看到她臉色大變。

她不再說話，只是陪在他身邊。救護車很快就到了。

少年卻奮起最後的力氣，抓住她的手，「請……當……我的……女朋友……」

廟公的女兒飛快的甩開，「不好意思，我是不婚主義者。」就幫著救護人員將快斷氣的少年扛上救護車。

目送救護車，殿下疲倦的抹臉。茶包終歸是茶包。惹麻煩就是他的天職，而且時機掐得恰到好處……她風塵僕僕的出差歸來，茶剛喝了半杯，軍將就驚慌失措的回報有人被拐走了。

距離她的小廟只有三百公尺。

事實上，茶包出了一場莫名其妙的車禍。也就是說，他並沒有被其他車輛撞上，卻有被小轎車A到的效果。

在這場堪稱嚴重的車禍中，昏迷的茶包靈魂被無接縫拐走了。「紅衣女孩」是個複合體，是魑魅魍魎中的某種變異。核心是個充滿恨意的厲鬼。

這種東西的思路，一直讓殿下很納悶。

大致上就是，「害死我的人不知道到哪去了所以我也要害死隨便看到的哪個人啾咪」之類。

她不能理解這種邏輯故障的思維，就算神明同僚努力說明還是不能理解。虎爺叫她去玩能PK的網路遊戲就明白了，殿下只認為他在練瘋話。

這個「紅衣女孩」一直是全台通緝犯，但他警覺心很強又異常狡猾，總是犯案後（或是犯案中）有些許不對就逃逸無蹤。

神明也是很難做的。畢竟沒辦法什麼都不做專門追捕這個通緝犯……神明也有人手嚴重不足的問題。

她的軍將發覺到通緝犯，還是因為距離小廟只有三百公尺，但是發覺也沒有用，人家只吹口氣就把軍將吹跑了。

殿下扔下喝了一半的茶杯，立刻追了上去。

這個安全島森林，是城市裡稀有的靈脈。你也可以理解成，充滿靈氣的、無水的溪流，涵養著迷你森林，同時被迷你森林涵養。

但靈氣這種東西非常中性，萬物在此都能得到潤澤，不是人類在此感到愉悅，魑魅魍魎在此也是如魚得水。

錯就錯在「紅衣女孩」對自己太有自信，也太相信這個靈脈對自己的作用了。他沒放棄拐來的靈魂……終究是貪念害了他。

只是殿下沒想到，被拐走的會是茶包。然後有些悲傷的發現，其實也不太意外。

她喊住茶包，茶包一停住，架著他的「紅衣女孩」也被停滯了幾秒，有那幾秒也就夠了。

因為，殿下同樣也受靈氣的潤澤，激發出更快速更大的潛能。

於是在逃多年的通緝犯，被殿下拔出的腰刀差點劈成兩半，最後讓一湧而上的軍將制服。

但是人類，只會看到想看的事物。不管生前死後。

茶包居然將她的腰刀看成枝枒，將通緝犯飛濺的血液看成花瓣。甚至，將冒著青色鬼火的軍將們，看成了，一群螢火蟲。

也因此，精神上沒受到什麼衝擊。

這說不定是種才能。如果能活命，這絕對是主因。

殿下決定將之命名為，「茶包的宇宙電波」。

茶包住院不到一個月就活蹦亂跳的出院了。明明傷勢不輕，聽說開刀了，還有腦震盪……只能說青少年的恢復力異常驚人。

而且非常會挑日子，正好挑殿下在家的時候前來。

一上前，就撲在供桌上哀號，「媽祖婆！我失戀了啦……哇～」哭了一個聲嘶力竭，「為什麼阿妙是不婚主義者呢？太殘酷太無情了啦!!……」

……阿妙是你叫的嗎？立刻給我滾出去！

但是茶包無視各種陰筊，還是嘮嘮叨叨的傾訴了各種傷心才落寞的燒完金紙離去。

別再來了小混球！

殿下真的快氣死。

「原來，殿下叫阿妙啊？」阿黑賊眼兮兮湊過來。

今天想死的人真多。

「不是？那是叫妙娘嗎？我聽說古代的時候……」阿黑毫無所覺的繼續賊笑。

殿下說，呵呵。

據說，有隻黑貓被綁在樹頭晃蕩了好幾天。而且還是附近最高的大樹公上，也不是很高……五樓左右吧。

哭得可慘了。

但是殿下沒有答應，誰也沒敢把他放下來。

之十　狂徒

「所以，殿下真的叫妙娘？」文昌君好奇的問。

昭殿下僵住，考慮要不要將有些沉重的茶碗砸在文昌君的頭上。

這樣不太好，殿下想。文昌君畢竟是很照顧她的「學長」。

所以說，人情債還不完。連想要豪邁的砸人都辦不到。像是欠她人情債的阿黑就簡單多了。

大概是殿下的面色太不善，文昌君笑了笑，若無其事的轉移重點，「那孩子……殿下叫他『茶包』吧？意外的犀利呢。可惜，這年代當神媒已經不是值得凡人自傲的事情了……相反的，還會覺得分外困擾呢。不然，應該有很多神明對他有興趣。」

「千萬不要有這麼可怕的想法。」殿下的臉都青了，「之所以沒有托夢強力將他趕走……就是『我不入地獄，誰入地獄』的概念。」

一個小時前他拿半個榴槤來祭拜。方圓五十公尺內，神鬼走避。她就是受不了那可怕的氣味才縱狂風到文昌君這兒躲避。

為了茶包好，也為了神明同僚好，還是把受害範圍維持在她那兒就行了。

文昌君願意的時候，總是令人如沐春風。今天更是風雅的泡了竹葉茶，淡泊卻清遠。

不知何處玉蘭開，隔牆猶寄餘香來。

——大概也是因為這樣，文昌君是唯一有膽子詢問殿下芳名流言的勇者。

不過文昌君也就問了那一句，之後就只言風雅，殿下也配合他。

等殿下要告辭時，才淡淡嘆了口氣。連文昌君都好奇了，大概中部同僚無神不知無神不曉。

明明是隻貓，為什麼阿黑的舌頭會這麼長這麼八卦。只想著阿黑不會上網路，卻忘了他什麼都不會瞞虎爺老大。

這個傳播途徑真是蜿蜒曲折卻傳染迅速。

「……我都快忘記那個名字了。知道的人恐怕不超過五人。」殿下淡淡的解釋，「據說是我襁褓時有夭折之虞，一位道姑為我取名，卻不讓人呼喚。」

頓了一下，殿下皺眉，「終生只有人喚我『三娘』。茶包……只是腦筋某條筋通電了吧？其實我不意外，他們茶包團的腦迴路老是冒火花，意外不起來了。」

文昌君大笑。

這樣大概就可以了吧？殿下想。文昌君大概會委婉的解釋，省得其他同僚遇到她就一臉好奇的欲言又止。

說破不算什麼。有時候殿下也覺得自己很龜毛。但是，她的閨名連前駙馬都沒喊過，外人憑什麼喊啊?!

她只承認自己很惱怒，卻不承認感到非常害羞。

天色已晚，殿下踏著月色回返。應該留幾盞神明燈的小廟卻漆黑一片，只有一盞燭光在夜風中顫巍巍。

一群青少年霸占了她的供桌，正在玩碟仙。

……來廟裡玩碟仙，青少年是否太過創意無限？從來沒遇過這種情形，殿下驚呆了。

圍觀並且不知所措的小秘書和軍將可憐兮兮的望向殿下。

「應該有什麼條例能把他們趕走吧？」殿下微怒。

小秘書搖頭，「查了半天……沒有。」

「他們不是神媒，甚至不能夠處罰他們。」、「因為他們也就……玩遊戲。」

殿下疲倦的揉了揉太陽穴。

「……其實這個廟沒有廟公。」當中一個青年狡黠的笑，「我也問過附近的店家，他們說從來沒有什麼『廟公的女兒』。」

他興致勃勃的說，「那個女的一定是鬼！與其找不特定對象，還不如將她喊出來。」

這群青少年鬧哄哄的開始喊「廟公的女兒」。

……不是說沒這個人嗎？喊什麼喊？殿下自棄的嘆息。當初若知道小廟周圍有三所國高中，她就算是連降三級……哪怕是一降到底，從士兵做起，她都要抗旨不代班了。

因為青少年幾乎都是茶包。

原本殿下覺得忍忍就過去了，誰知道茶包青少年是沒有極限的。忍了二十分鐘的「廟公的女兒」，殿下終於將手指放在碟子上移動。

「動了動了啊～」這群青少年興奮了，尖叫得她耳朵都發疼。

「碟仙碟仙你是神是鬼？」那個領頭的青年比較冷靜，飛快的問了這個問題。

殿下飛快的指到「神」。

「真的假的？」青年大笑，「請問，妳是『廟公的女兒』嗎？」

殿下馬上將碟子推到「是」。

「那就是鬼嘛。」青年更興奮的壞笑，「自抬身價是不行的……」

殿下本來是想和平的打發他們，真的。但是被侮辱不吭聲不是殿下的作風。

所以她捏起那只碟子，然後將碟緣壓在那個青年的指甲上，讓他發出驚天動地的慘叫。

同時尖叫的還有其他青少年，以及圍觀的小秘書。「不！殿下！妳為什麼要這麼做?!降碟仙已經不對，還傷害……」

「只是有點淤血而已。」殿下冷漠的看著爭先恐後跑出小廟的白目們。

兩個小時後，殿下收到公文，譴責她「非法降乩、干涉凡人」，然後要求寫悔過書。

「文房四寶伺候。」殿下冷靜的吩咐。

她照抄了一份公文，簡單說明來龍去脈，並且請文昌君幫她寫悔過書。當殿下親自焚信，部屬都驚呆了。

為什麼有人（神）能夠這麼泰然自若的讓人代寫悔過書……未免太霸氣！

殿下一點都沒有覺得不對。

她覺得上面的其實也不想追究，不然不會「好像很嚴厲的譴責」，事實上卻只是輕描淡寫一封悔過書就完事。

既然只是形式，那讓精通文墨的文昌君隨便撇撇就交差了……反正欠的人情債已經堆積如山，不差這一丁點。

殿下承認，她就是連形式都不想走。可以的話，她想賞這群死白目每人一百軍棍，發配最遙遠的邊疆吃風沙。

只讓帶頭的指甲淤血真是太不甘心。這年頭當神真的非常沒有尊嚴。

生了幾天悶氣，讓她瞠目的是，那個白目青年又來了。

當初遺留在廟裡寫滿字的紙和碟子早被早起的義工破口大罵然後扔垃圾桶了，這次他自備了寫了更密密麻麻的大紙和一只古意盎然的碟子。

時間是凌晨一點。這個時間不睡覺還跑來昏暗的小廟，殿下已經連氣都氣不出來了。

然後小白目非常正經的點香，燒疏文……程序雖然有些荒腔走板，但大致上沒有出大錯。

殿下還以為跟神明溝通的SOP早就被遺忘了呢……然後看到他一面看一本破書，才發現他是開書考。

凡人。愚蠢的凡人。

一知半解，以為憑幾本破書就能飛天遁地了。殿下處理過幾樁莫名其妙的案子，就是有人依樣畫葫蘆，意圖求上榜求財求女友……更糟的就是求報仇、求殺人。

無效還是最好的結果。若有效或些許有效，往往附帶很嚴重的副作用。

他們不明白契約，卻簽訂契約。外人根本無法干涉契約的雙方，神明只能無奈找漏洞避免災害擴大，留一條命已經算違反契約了，但扛責任的神明還是要被抱怨懷恨……因為愚蠢的凡人沒辦法全身而退。

「碟仙碟仙請出來，碟仙碟仙……」白目顫抖著聲音一遍遍的喊。

「叫什麼叫？」殿下現真身，冷冰冰的說。

白目青年倒抽一口氣，睜大眼睛看著面無表情的殿下。她……她真的就是「廟公的女兒」。他看過她的照片。

「妳、妳其實是女鬼吧？我知道的！這個廟應該是姑娘廟之類的吧！妳是水流屍？還是別的什麼？是不是作祟後才讓居民為妳建廟？不要害羞，這是很常有的事情啊！妳認識最強女鬼陳守娘嗎？我是她的粉絲！……」

殿下決定，將他命名為，白目。

一把揪住他的胸口，逼到他面前，「恁祖媽是堂堂正神，誰在跟你水流屍？告訴你，我是武神，脾氣非常差，不要逼我。」

然後白目昏過去了。

殿下覺得有些寂寞。她還什麼都沒做呢。

＊　＊　＊

你以為這樣就能驅逐白目嗎？太天真。

隔了兩個禮拜，殿下的供桌上就出現了出乎意料之外的供品——一個披甲執矛的女性模型，標示著「女武神」。

這明明是外國人。小白目到底誤會了什麼？

但是她的小廟沒有門，沒辦法將香客往外趕。除了茶包團以外又多了個白目，殿下忍無可忍只能重新再忍。

可耐性存量總有耗盡的時候。

虎爺發出了十二個「哈」，在神明FB社團上公開了殿下有粉絲頁的「喜訊」。

看到自己的照片被PS成各式各樣的「北歐女武神」，遮蔽率還有些抱歉的不高……

小廟當空非常應景的劈下一道雷。

當晚小白目就夢見自己被五花大綁的吊在五層樓高的大樹上，隨風搖曳。而且自稱陳守娘的女鬼口裡拒絕他的愛意，卻和他待了一夜。

這個粉絲頁因此壽命非常短暫，只存在幾天而已。

之十一　神與人之間

在白目事件後一個月。

暑假比較清閒的文昌君邀殿下來喝茶。從旁邊小道走過去，就是文昌君休息的竹舍，幾竿翠竹滴綠，在炎炎夏日中沁出清涼。

蟬鳴細細，豔陽流金。

在神明的後堂只感到凡間無比鮮豔的夏季風景。

「聽說是日月潭紅茶，試試看。」文昌君勸茶。

殿下卻沒有喝，好一會兒才遲疑的說，「真的嗎？曾經有凡人在某個神明的大殿自焚，並且縱火燒掉了大半個大殿？」

文昌君的表情停滯了一下，輕嘆口氣，點了點頭。

「為什麼他沒有任何處罰？」殿下深深皺眉，「雖然生前我只活了二十多年……」

「殿下，妳生前只活了二十多年。」文昌君溫柔的打斷她，「所以很多事妳不明白。」

殿下凝視著文昌君，「不對。我也聽說了，幾十年前，神明對凡人的管教很嚴格。凡人也相當敬畏，不像現在……」

「是啊。」文昌君笑笑，「遠古的時候，信徒中有大逆不道的讀書人，我還能親自處分他呢。」

「但是時代不一樣了。以前他們是小孩子，什麼都願意聽父母的話。」文昌君又嘆氣，「現在他們長大了，進入叛逆期。真要照小時候管教……要人道毀滅的凡人太多了。當神當久了，妳就明白了。」

「殿下，跟凡人最好的相處方式就是守住本心、保持距離。」

「我一直都是這樣。」殿下不悅了。

文昌君笑了。「殿下妳……其實還願意從凡人的角度考慮。」其實這是很溫柔的。但殿下不會承認。「我駐守三年就覺得，凡人終究是凡人，神明還是神明。」

大部分的時候……吧。文昌君想。

殿下一開始不明白……或者說她隱隱知覺，卻不願意相信。

中部的神明同僚，對凡人那麼溫和寬容。她也下凡了五年多。北部的神明也是差不多的寬大……甚至有點兒縱容。

只有南部還有些神明願意約束信徒，保持著紀律……但是比幾十年前還是寬縱許多。

「惜取眼前吧，小昭。」媽祖娘娘勸著越來越沉默的殿下，「不要想太多。」

「……許多自詡神媒的凡人，表達的不是神明的話語。許多凡人假神明之名行罪惡之實。凡人並不尊敬神明，為什麼我們還要庇佑他們？為什麼……我們不能處分這些凡人？」

媽祖娘娘的眼神透出一股些微的寂寞。「凡人都是會漸漸長大的。」

這聽起來很像廢話，卻讓殿下感到不寒而慄。

文昌君也說過類似的話。幾十年前的凡人還是「幼童」，現在的凡人已經進入「叛逆期」。

幾千年都是「幼兒」的凡人，或許也要幾千年才能脫離「叛逆期」。

然後那時候就「成年」了。

「成年」，其實就不需要「父母（神明）」了。

所以娘娘才要她「惜取眼前」。惜取……雖然叛逆，但還需要「父母（神明）」的眼前嗎？

殿下的感傷沒有維持很久。除了FB和維基之外，她學會看新聞和逛PTT、論壇。

她的困惑越來越深，然後越來越消沉。

就像凡人父母對叛逆期的子女束手無策，最後被迫放牛吃草一樣。神明對於進入叛逆期的凡人也呈現半放棄狀態。

神明越來越不了解凡人，而凡人也越來越不了解神明。

深究其中，越來越感到孤獨。

神明與凡人相距原來是這樣遙遠。

殿下花了幾天寫辭職信。

她沒辦法明確的說明自己的想法，只好說她不勝任文職，希望調回邊疆，必要的時候轉調南天門看門也可以。

殿下覺得，她撐不了一甲子。昭殿下有七萬娘子軍，每一個她都叫得出名字。同歡同悲，同心協力浴血奮戰。

帶他們上戰場也帶他們返回。即使返回的只是一具屍體。

殿下親自為他們的遺體點火祈福，引領他們入輪迴。她不悲傷是因為她知道，若有那天，她的麾下也會如此。

她會返入輪迴，再出生，然後有朝一日回到天庭，再次回到娘子軍。

信賴所有人並且被所有人信賴。

從來沒想過，她是脆弱的。

能夠遊刃有餘的統領七萬天軍，面對幾百的信眾，卻會畏懼而疲憊。

或許她不適合下凡，更不適合當個凡間的神明。

辭職信寫了又撕，撕了又寫。她真有點想扔去找文昌君代勞。

但是下一任代班會跟文昌君處得好嗎？會乖乖去幫文昌君顧籤筒嗎？不知道為什麼，殿下有一點心虛。

到現在，她還是不明白，長官為什麼突然將她調去代班。

長官說，「平陽，妳塵緣未盡。」

明明我將前塵往事忘得很乾淨。

阿黑突然跑進來，殿下趕緊將寫了一半的辭職信收起來，幸好他神經夠大條，完全沒有發現。

「殿下殿下！」阿黑的眼睛閃閃發亮，「妳是不是，是不是唐朝那個平陽昭公主?」

「……嗯。」

「太厲害啦!」阿黑圍著她繞來繞去,「原來殿下這麼這麼厲害啊!!我去逛大學,有大學的老師說到妳唷!以前以為妳是花木蘭,還想問妳木須龍在哪。」

……差太多了。還有木須龍是什麼?

「公主才有駙馬嘛,老大以前八卦過說,我真笨。殿下殿下,妳生前有小孩嗎?」

……小孩。

我、我……我有嗎?

記不起來。頭痛欲裂,什麼都,想不起來。

「殿下?」小秘書大驚失色的看著她。

昭殿下莫名其妙,直到淚珠啪嗒的跌在磨石子地上,她才驚覺自己淚流滿面。

護心鏡發出響亮的破碎聲,跌落後碎成幾瓣。往下看,心口有道深深的箭傷,這是致死原因，她知道。

明明剛成神的時候，傷口癒合，她也沒在使用護心鏡。

為什麼之後用了一千五百年？

因為，我的小兒子死了啊。捲入儲位之爭，被他的親表哥處死了。

於國，她兵戎一生，已然鞠躬盡瘁。她唯一的虧欠就是兩個兒子。在戰亂中生下他們，卻幾乎沒有親手撫養過他們。

死的時候，孩子還很小，她跟他們見沒幾面。

成神之後，她依舊是武神，鎮守天界邊關。得到小兒子的死訊，沒多久也收到了大兒子的死訊。

心口的血流個不停。即使已經成神，她還是大病一場，差點神魂俱滅。

釘上了護心鏡，她漸漸痊癒，卻將前世幾乎全忘卻。

依稀記得前駙馬，卻不記得兩個孩子。

我好像沒有悲傷的權利。連悲傷都不配有。

昭殿下一路滴著血，就這樣頭也不回的走了。不管麾下怎麼呼喚她。

「阿黑你到底跟殿下說什麼啦！」小秘書有的揪耳朵，有的揪鬍子，非常憤怒的逼問。

「痛痛痛！喵嗚……」阿黑哭喪著臉，「沒有啊，老師說她有兩個兒子，可是她沒提過，我就問問啊……」

「殿下有兒子嗎？」、「她不提一定是傷心往事。」、「阿黑你這個月、下個月、下下個月都沒有雞蛋吃了！」

生氣的小秘書們，沒多久就更生氣。因為軍將們把殿下給……追、丟、了。

「你們到底是有多廢柴!!」小秘書們氣得快現出惡鬼像了，「快通報各路老大協尋啊！」

一路悠悠晃晃，半乘風半駕霧的在都市裡遊蕩。

殿下不知道自己在想什麼，或許什麼都沒有，也什麼都有。巨大的悲傷似乎無所不在。

她終於明白，為什麼沒辦法面對少少的幾百信眾。

她親生的兩個孩子，什麼時候學會走路、說話，她都不知道。以為會有很多「以後」，結果她只活到二十三。

不能後悔，無法後悔，後悔也沒有用。

但她真的，真的希望能夠……親手揍他們一頓。希望能夠……親手管教他們。

這樣小兒子不會死得那麼慘，連累了大兒子。

看著荒唐愚蠢的凡人，她是那麼不耐煩和著急。其實……是她不適合當凡人的神明，精神上的父母。

沒有資格。

渾渾噩噩的駕雲而過，為什麼落在這棟大廈的頂樓，起初也是不知道的。

她以為自己又哭了，結果摸自己的臉頰卻是乾的。

慟哭的是爬過圍牆、意欲跳樓的一個凡人女子。

「為什麼不愛惜性命？為什麼要讓我傷心？」殿下很輕很輕的說，「你們這些討厭的、愚蠢的孩子。」

其實那女子並沒有聽清殿下說什麼。只是在走投無路、無比絕望之際，殿下露出痛苦的神情，對她伸出手。

殿下讓她在自己的懷裡大哭，疲憊無比的女子睡在她懷裡。

夕陽西下，霞光遍染魚鱗雲，微微模糊的霧靄。都市的黃昏如此美麗。紅塵的美麗。

終於找到她的阿黑畏畏縮縮的靠近，殿下只是抱著熟睡的女子沒有動作。晚霞漸隱時，回頭望阿黑，貓科的眼睛還殘存著最後的霞光。

也許是殿下眼神太溫和，所以阿黑大膽的蹭了她一下，發現沒有挨踢，很樂的蹭在她身邊，帶著貓科的微笑。

最終殿下取出寫了一半的辭職信，撕成碎片，撒入晚風中，幻化成一串遊走於白天與黑夜縫隙中的，翩翩白蝶。

之十二 代溝

殿下遇到巨大的難題。

是的，她撕毀了辭職信，也乖乖回廟，並且跟找她找瘋了的同僚道歉，決心當個真正的神明，好好代班。

但是第一個案例就讓她很茫然。

讓她救回來的女人非常無助，殿下也真的是想幫她。

這個叫做吳美芳的女人的經歷，足以寫上一百回的悲劇，文筆夠好應該可以賺足眼淚。

她和初戀相戀結婚，可說是男才女貌天作之合……起碼周圍的人都這麼說。但結婚沒幾個月，就發現一切跟她想像的不一樣。

婚前待她很友善的男朋友伯母和姊姊，婚後成了婆婆和大姑子就對她露出猙獰的面孔……單獨面對她的時候非常猙獰。

而溫柔體貼的男朋友結婚後成了忙於工作漠不關心的丈夫，婆婆和大姑子說什麼就是什麼。

她以為這是磨合期，所以一直忍耐、順從。直到結婚五年沒有生下孩子，婆婆和大姑子變本加厲，她不但要賺錢養家，還要承擔所有家務，略有差池，就是一頓教訓痛罵。

丈夫冷眼旁觀，指責她不孝順。

讓她忍受不了要自盡了此殘生的是，她好不容易懷孕了，喜極而泣的告訴丈夫，丈夫勃然變色，將她痛毆了一頓導致流產。

父母雖然打罵了丈夫，卻決計不准她離婚。因為就外人看來，他們家庭還是很美滿的，男人不過是一時衝動，要她檢討一下自己的脾氣。

……殿下真的不懂。

維持著「廟公的女兒」的真身，殿下不解，「既然都有勇氣死，為什麼沒有勇氣走呢？」

「我不能走。」美芳擤了擤鼻涕，「我的考績正在重要關頭。」

……妳都要死了，升不升職有什麼關係？冥府不會承認的。

話一出口，美芳終於發現邏輯上的謬誤。她握著殿下的手帕一臉茫然。是呀，這絕對不是理由。

「其實妳只是想懲罰那些人。」殿下率直的說，「事實上他們不會被懲罰，也不會受到什麼責怪，畢竟不是他們把妳推下去。」

「他們怎麼可以不受懲罰？難道他們良心過得去嗎？」美芳哀泣。

「他們有良心這種東西不會把妳逼到這地步吧？」

「老天不開眼啊！」

「……老天沒辦法管得那麼細啊！妳知道老天爺的工作量有多多嗎？」

最後殿下頭痛了。因為完全雞同鴨講。這蠢孩子不累她累了。

「就當作妳已經跳下去了！」殿下對她吼，「對！妳跳了！現在妳已經死了，妳已經是鬼了，過去的一切再也不能束縛妳。」殿下不耐煩的晃手，「想去哪就去哪吧。」

美芳怔怔的望著殿下，「可是我的身分證、信用卡、銀行卡……」

「回去拿啊！」殿下暴怒了。

美芳哭了。

殿下頹下雙肩，「行了。我陪妳去拿。」

美芳覺得自己在做夢。只一步就到了婆家門口，還沒掏出鑰匙，大門就開了。

說不定，說不定我真的死了。美芳想。

但是婆婆看得到她，對著她破口大罵，從不做家務出去浪，一直罵到一定在外討客兄。

她站定，看著嘴巴一開一闔快速噴毒汁的婆婆。揚起手，一巴掌搧過去，讓她婆婆原地轉了兩圈。

一開始是惶恐和害怕，緊接著卻是狂喜和愉悅。

沒事。我死了，我是鬼了，我什麼都不怕。我終於做了我一直想做的事情。

很強勢很潑辣的婆婆看著她明顯不正常的表情，哭嚎著衝回房間鎖門打電話。

贏了，我贏了。美芳心裡湧現喜悅，回房收拾了證件和幾件衣服，平靜的和殿下一起走出大門。

「陰間……要怎麼去？」她殷切的看著殿下。

殿下差點平地摔。她實在不知道該拿愚蠢的凡人怎麼辦。

「找個遠一點的地方去走走，想想以後怎麼辦吧。」殿下無奈的說。

吳美芳真的是個實心眼。她直接離開北半球飛去澳洲了。而且，一直到下飛機，才驚覺自己真的還活著。

殿下發現，她和凡人有很深的代溝。

譬如吳美芳這事吧，婆媳姑嫂關係？不要鬧了，她前世是誰？平陽昭公主。還沒獲封之前，也是李淵之女。婆婆和姑子腦子該多有坑才會來惹她……何況她從來都不是軟柿子。

至於丈夫，不是年紀到了，隨便嫁一個搭伙過日子兼生兒育女嗎？什麼愛情？在她的年代沒聽到過啊！成神一千五百年更是不知道啥是兒女私情。

神明FB上。

昭：現在我很惘然。信徒跟我討論家庭婆媳夫妻問題我居然一點都不懂。現在都不敢給筊了……對自己不懂的事情要怎麼給啊？有沒有人知道？急！在線等！

虎爺：就是說啊，問我追女生的事情怎麼對，我自己都沒追到！Q__Q

媽祖：……呵呵。

月老：問我也不對啊！我只管牽紅線！我不包售後服務真的！（痛苦）

中壇很帥：求8＋9不要再帶妹來刺激我。（痛苦＋1）

王爺：本王不包生兒子，信徒問我也是醉了。（痛苦＋2）

我好毒毒毒毒：此帳號已不在線上。（痛苦＋3）

福德大叔：我才是真痛苦好不好?!每次信徒來哭訴人渣，我的耳朵就遭殃……我家牽手很凶啊……（痛苦＋4）

………

指望這些同僚大約是沒望了。想想也是，其他的大約都能出點意見，一旦涉及家庭系統……絕大部分的神明都要抓瞎。

她還是向聰明智慧的文昌君求助了。

「我怎麼會知道?!」文昌君抓狂，「那些死孩子功課已然慘不忍睹，居然還敢偷問跟誰誰誰有沒有結果……有你妹啊!!有個真的抵不過誠心勉為其難的幫她看看……靠北喔，那是個韓國藝人!!不用擲筊也知道不可能啊!!」

殿下啞然，斟了杯茶給文昌君。可憐他激動得破聲了。

「那，」殿下小心翼翼的問，「哪個神明比較有經驗？能夠跟他取經嗎？」

文昌君喝了茶，仰頭想了想，不太有把握的說，「牛郎織女？」

「……他們分居起碼有幾千年吧？構成離婚條件幾百次了。」

文昌君平心靜氣，恢復原本的溫文儒雅，「別管他們了，反正都會分手，不分手結婚也會離婚。」

「…………」

「會問到這個，想來心魔已經去了？」文昌君笑笑。

「逝者已矣，來者猶可追。」殿下靜默片刻，然後答道。「而且那不是心魔，是我曾經有過的孩子。」

最後殿下自立自強，把各大家庭版、男女版等等啊撒不魯版都翻爛了，並且啃了所有她能啃的有關兩性關係與家庭倫理的書。

雖然她還是很不明白這些人在糾結什麼。

讓她詫異的是，吳美芳居然找了來，成為她的信徒。

還有點抑鬱、自卑，但總算是走出自毀的陰霾。

可殿下不懂她在自卑個啥勁兒。

有天沒忍住，她托夢給吳美芳。「妳丈夫有精子稀少的問題。雖然很難有孩子，但也不是絕對不會有。」

美芳整個人都傻了。「……那他為什麼，在我有孕的時候……」

「喔，聽地基主八卦說，他以為那不是他的。」

沉默了好一會兒的美芳，發出一聲驚天動地的咆哮。

後來聽說，美芳將婆家鬧了個天翻地覆，全天下都知道婆家要絕後了。她離婚後沒多久又再婚，結婚不到一年就懷孕了，之後抱著襁褓裡的小女孩來還願，笑得見牙不見眼。

殿下也滿高興的，只是成神已久的她，不太明白凡人追求「不孝有三無後為大」的執念。

明明是二十一世紀，生男生女都是有後了，還有什麼不滿足。明明凡間人口已經爆炸，民主時代，誰家有封建皇位等著繼承？

果然跟凡人還是有很深很深的代溝啊。

之十三　神明的頻道

殿下開始懷疑撕掉辭職信的正確性。

因為茶包團開始熱衷「酬神」，只因為三茶包參加了一個什麼跳舞社的新社團。

舉凡雞毛蒜皮的小事兒，比方說考試低空掠過，交到女朋友了，跟女朋友分手了（？），國慶日到救火員節（？？），哪怕沒有節日，也能以「世界和平」這種理由到廟裡載歌載舞一番。

殿下只覺得眼球受到一萬點的傷害。

明明給了他們幾百個陰筊，茶包團還是誓死不悔的跑來載（丟）歌（人）載（現）舞（眼）。

虎爺很同情，寄了一個音檔給她，開頭第一句是「愛是恆久忍耐又有恩慈」。

……人間神明是滄桑。

幸好這三個小混蛋玩膩了，換了社團，不然殿下都想托夢將他們伫吊樹頭了。換的什麼社團倒不知道，但是茶包團的酬神改放影片……在供桌上放狂新聞。

雖然有些笑點殿下get不到，但絕對比茶包團的群魔亂舞好。而且軍將和小秘書超喜歡，笑得捶桌撓牆……也算另類犒軍吧。

神明FB上。

昭：呃，有個事情我想問一下……948794到底是什麼？是電話號碼嗎？

然後沒人好好回答她。因為螢幕瞬間被「哈哈哈哈哈……」狂洗了168條。

大怒的昭殿下將她的筆電炸得跳起來，差點引起火災。

被她嚇得夠嗆的軍將和小秘書火速找文昌君來救火……殿下的怒火無人能敵。

「……那是諧音。『948794狂』等於『就是白痴就是狂』。」文昌君扶額。明明知道昭殿下個性過分認真，還沒事逗她幹什麼？這些同僚真是越來越不靠譜。

殿下不講話。怒火轉悶燒，又羞又惱又生氣。

「他們沒有惡意，別生氣了。」忙得快過勞死的文昌君嘆氣。

「……我沒有生氣。」殿下硬邦邦的回答，「對不起，他們不該隨便勞動你。」她強強將怒火壓下，「我過去幫你顧籤筒好了，最近也沒什麼事情。」

然後殿下去文昌君那兒顧了半個月的籤筒，也半個月沒上FB。除了陰筊到讓準考生淚流滿面後背發寒，也沒怎麼了。半個月後歸來，她的心情也好了，愧疚自己太驕縱，上FB想道歉，誰知道這群太歡脫的同僚根本沒當回事，興致勃勃的要她去瞧瞧FB的「頻道」。

事實上就是「影片」。集合了各家神明最喜歡的珍藏，集合成「神明頻道（中部）」。

第一個是媽祖娘娘貢獻的，標題是「信耶穌撿鑽石」。一點開，激情無限的女牧師在佈道，訴說她是怎麼因為虔誠在家裡都能撿到鑽石。

……吭？上帝公為了傳教這麼拚？這本下得夠粗啊。

一看旁邊的回應，殿下噴茶了。

因為有人很樂的轉述上帝公的話，「我也是看報紙才知道的……（淚）」。後面的內容也很精彩，有自命觀音轉世賣周邊佈道的，長得也真的很漂亮，只是好像消失很久了。比那個跳佛舞好看多了……其實連茶包團都跳得比那個佛舞好看。

還有「業障重」也被收錄其中，收穫許多的讚和「哈哈哈」。

說真的，配飯吃挺下飯，只是有噴飯危機，不然殿下能邊看邊多吃一碗。

聽說中壇元帥在憋大招，畢竟他是唯一有BGM和專屬舞團的神明啊。他正在精挑細選哪部「電音三太子」的影片最精彩，準備放到頻道上來。

再聽說，他猛查天條，想鑽漏洞看能不能真身上場之類。

有的時候，覺得人類真是創意無限，並且非常有趣。

只是太認真的殿下還是有點不安。畢竟有些真的是神棍，有騙財騙色之虞。難道不該管管嗎……？

「騙子不歸我們管啊。」文昌君很篤定的說，「那是警察的事情。再說，那些騙術真的……很粗糙。能被騙到……我很擔心他們的智商。如果是我的信徒……」

文昌君嘆氣，「我很想替他們長點智慧。」

但這不可能。凡人造孽，能夠記他一筆，卻沒辦法直接插手保護受害者。

據說有個被逮回天庭的某神明，就是因為苦口婆心的闢謠，呼籲受害者不要上當，結果，被受害者揍了個半死，連神像都被燒了（顯形時以該廟廟祝的身分）。最後被逮回天庭蹲天牢三百年。

叛逆期的孩子就是愛作死。只能溫柔包容的看著他們，盡量減少傷害了。

其實頻道最熱門的影片是「媽祖」。

這是很古遠的電視劇了，當時台灣的特效超級克難，處處是破綻，非常歡樂。劇本就真的很嚴肅古板，那時的人們也還保有一點虔誠。

偶爾媽祖娘娘會招大家一起來看電視，好茶好果子招待。每次娘娘看著螢幕時，眼神總是格外的柔軟和溫柔。

之十四　通靈

這是人間看不到的景象。

星光構成的小溪蜿蜒曲折，兩旁疏落有致的點綴著亭亭如傘的各色花樹，落英繽紛。

絲竹聲，笑聲，隱約迴響，在這閒靜的天地間，在月華滿映之下。

即使是七月十五，月還是那個月，美麗、神祕，無論是哪個種族，哪怕是神明，都會為之心蕩神馳的美麗月夜。

裙襬拂過絲柔草地的殿下笑了，「上巳節才玩流觴曲水，鬼月玩這個，對嗎？」

穿著寬大道袍，很明顯好好拾綴過，顯得格外出眾的文昌君舉杯笑笑，「哪怕七月玩流觴曲水，都比辦cosplay大會靠譜得多。」

他起身將殿下讓到身邊的藺席上，「殿下今天真美。」

「其實還不是cosplay。」殿下直率的說，姿態嫻靜的跪坐下來，「一千多年沒穿生前的衣服了……到底是誰指定這個主題的？虎爺？」

「不是，」文昌君很淡定的說，「是聖后娘娘。」

殿下當場嗆了一口酒。「咳、咳咳咳……」她有點狼狽的擦了擦嘴，「……挺有創意的。」

文昌君笑而不語。

其實今天殿下真的格外美麗。跟周昉《簪花仕女圖》如出一轍，只是她自言太枯瘦，不大撐得起來……武將真的很難養出一身雪白豐腴。而且，她完全忘記怎麼高梳雲髻，只能將長髮梳通了，戴個玉勝就出門了。

但她真的很認真的畫了妝，畫了個典型的蛾眉。這種眉毛非常吃臉型和氣勢，畢竟是剃去眉毛畫上兩道又濃又黑的短眉，畫出來能漂亮的真沒幾個。

可殿下卻顯得面容清朗，皎潔又疏離。披帛飄飄宛如要隨風而去。

嘴裡說cosplay很幼稚，結果殿下還不是特別認真。文昌君心裡暗暗笑了起來。

今天並不是什麼正式的宴會。

只是忙了一整年，難得有個月能夠稍微放鬆。就好像莫名的烤肉變成台灣中秋節的「傳統」，農曆七月十五人間忙著普渡，陰間忙著來吃流水席，難得清閒的中部神明，也開始在這一天小聚賞月，漸漸的也變成一個不怎麼正式的慣例。

每年主題不同，今年的主題正是「流觴曲水」，服飾要求每位神明生前朝代的華服。畢竟，神服真是看得有夠膩的。

所以，殿下才會難得的穿唐服出來。

流觴曲水是這麼玩的。取一個酒杯，順流而下，停在哪兒，附近的人就得賦詩詞一首，滿飲此杯。這小溪還是特別設計過的，會循環迴流。

看起來特別有文藝氣息，王羲之聲名大噪的《蘭亭集序》，就是在蘭亭玩兒流觴曲水集結成蘭亭集時，為之寫的序。

但神明是來找樂子，不是為難神的，對吧？所以呢，能詩詞歌賦的自然好，像是文昌君賦詩〈月宴〉博得滿堂彩；殿下也填了首慷慨激昂的小詞人人叫好。

可不會的也不怎麼樣。打油詩成不？行。唱個小曲兒可不可以？讚。要是啥都不會或喝得太醉怎麼辦？說笑話總會的吧？不管冷不冷，大夥兒總是很捧場。

（至於在案桌底下按手機搜尋作弊的部分就當作沒看到好了。）

神生很長，幾乎每個人都學了一兩樣樂器。不想玩流觴曲水的，東一堆西一群聚在一起彈彈唱唱，屏障下都模糊不清了，互不干擾卻又十足的有氣氛。

美麗的月夜，愉快的同伴。端著蕩漾著月色的酒，望著飄然的花瓣和香氣，夏天清涼的夜風。

來人間就一直緊繃的心也得到舒緩，舒緩的為之輕嘆……

「啊！終於遇到熟人了！」

「廟公的女兒！」

「太好了……我又餓又累再也走不動了……」

這個美麗的月夜當場龜裂。誰來告訴我，為什麼茶包三人組會出現在這裡?!

氣得發抖的殿下沒有當場抽過去，是因為文昌君機警的按住了她的手。

「冷靜冷靜！」文昌君傳音入密，「別秒殺通靈的凡人啊！照規矩是不行的……是殿下的香腳？」

殿下咬牙切齒，「我不想承認。」

大喜的茶包看清楚了殿下的打扮，眼露驚豔，「……阿妙穿這樣真好看。」臉頰冒出兩團可疑的紅暈。

茶包二號大驚，「原來廟公的女兒叫做阿妙？你這禽獸！名字打聽出來居然不告訴我們！」

茶包三號苦著臉，「漂亮的阿妙姊姊!!賞點吃的吧？快餓死了啦，嗚嗚……」

失去理智的殿下將整張案桌都舉起來，想將茶包團畢全功於一役的全滅之。

虎爺：「殿下桌下留人！」

中壇元帥：「喔喔，果然是我想獻上膝蓋的偶像，舉桌子的英姿真是……不、不對！殿下住手！」

媽祖娘娘：「小昭別生氣，對小白生氣也沒用的……喝杯茶吧。」

……

一陣兵荒馬亂後，依舊搞不清楚狀況的茶包團糊里糊塗的保住了一條小命。

「真稀奇呢。」、「是啊，多少年沒遇到這種事了。」、「凡人的靈性越來越低，誤闖的可能性趨近於無了。」、「不愧是殿下的香腳。」、「不過就是有點傻傻的……傻人有傻福？」

聽著神明們的竊竊私語，臉皮很薄的殿下額冒青筋的握緊拳頭。

文昌君乾笑著招呼茶包團到他和殿下的座位並設下結界……拿出食物引誘，茶包團就乖乖跟著走，什麼都沒問……填飽肚子之前是什麼都不會問的。

擁有這樣的香腳，堅毅的殿下不能消滅，只能珠淚暗彈。

這一天對於茶包團實在是太刺激的一天。

如果不是打LOL連輸十八盤，宅到死的茶包團不會在熱死人的夏夜走出家門，想用美妙的食物撫慰受創太深的心靈，更不會在繁華的大街迷失方向。

暑假宅在家吹冷氣的茶包團完全忘記今夕何夕，更不會注意到這天是中元節。

所謂物以類聚種以群分，茶包團會相互吸引成為莫逆，必定是有其緣故的……並不只是當了一輩子的好鄰居。

他們的神經都同樣的大條，並且有程度不一的靈異體質……以及太好的運氣。不幸的是，天時地利人和，他們誤蹈了中元普渡的行列，陰陽曖昧的界限中。

所以茶包團在熟得不能再熟的大街迷路了。在他們眼中，就是整個城市都在大拜拜請客，滿街都是流水席，熱鬧得不堪聞問。五光十色，人（？）潮洶湧，三個小可憐，茫然的迷路了好幾個小時，卻連家便利商店都找不到。

除了流水席，就是流水席。

但是他們究竟是羞澀的大學生，不好意思在陌生人擺的流水席坐下來吃飯。

幸運的是，又餓又累的茶包團聞到一股異常美味的味道。饑腸轆轆的他們循著味道，撥開低垂的桃花枝枒，終於看到了熟人——名叫阿妙的廟公的女兒。

剛好他們在辦「化妝舞會」，宴上的食物就是那美妙至極的味道。

真是太好了。

真是太好了。殿下默默的想。誤蹈中元普渡中，居然沒被哪個好兄弟拐走，平安的到達神宴地。這運氣，真沒誰了。

「……讓他們吃喝沒問題嗎？」終於冷靜下來的殿下悄悄的對文昌君說，「我記得神食神酒凡人吃了會有副作用。」

「沒問題的。」文昌君淡笑，「凡間的神食……已經沒有那種威力了。」

以前常有樵夫旁觀仙人下棋，吃了神食導致時光流逝過快，離開時斧頭都爛柄了，時間已過百年。或者是吃了神酒神食，意外的成仙之類。

現在的凡間已經沒有那種濃郁的信仰，神食的威力也淡薄了。

「吃健康保平安啦。」文昌君的笑容一滯，「……可惜神食不長心眼。」他沉默了一下，「偶爾我也會覺得，不是立法院那群該做智力測驗，我真心覺得香腳也該做個智力測驗……不然當主神的我們，立場是多麼的難堪啊。」

殿下幾乎滴下淚來。

她最虔誠的香腳居然是三個缺心眼的東西。想想他們創意無限的供品。想想他們荒唐離奇的酬神。

想想他們破碎虛空的少根筋。

特麼的還能參與神宴的通靈體質。

然後，吃飽喝足了，不但大膽的直呼她的閨名，還好奇的問個不停。不管她怎麼解釋，這三隻小白鴿還非常堅定的相信，他們舉辦的化妝舞會非常的考究有水準。

終於，在茶包春心蕩漾的問她能不能更改不婚主義時……再沒忍住的殿下將他們全體擊暈。

不然她覺得會將茶包團全體擊殺了。

原本她以為，這三個小白鴿已經是最糟糕的通靈人了。結果證明，殿下還是太單純。

某天，ＦＢ社團，中壇元帥發出一長串的「哈哈哈」，附上了一個連結，還特別@了殿下。

她狐疑的連結過去。

那是一個靈異版的文章。她偶爾也會來逛逛……雖然很多胡說八道，但是有些文章還是滿好看的。

文章的標題叫做，「我的仙女筆友」。

暱稱叫做「通靈王」的人炫耀的說，他的女朋友是仙女，之所以會認識，是因為他到仙女的廟裡玩筆仙，仙女對他一見鍾情，二見鍾意，三見就不可自拔了。

然後他靠著仙女筆友大殺四方，到處斬妖除魔，所有的女仙女鬼女人都愛他，可是他只愛他那無所不能神通廣大的仙女筆友。

「……你妹！」殿下咆哮了。

她之所以動雷霆之怒，中壇元帥之所以笑到嘶鳴……就是這小混蛋根本不是影射，而是明示了，那地點明明就是她代班的臨水夫人廟，不但將她現真身的模樣完全形容出來，並且附上殿下的玉照，欲蓋彌彰的說「大約就是長這樣」。

乖乖非常同情的幫她查水表……不是，查ＩＰ，最後查出是那個在她的廟裡玩碟仙的小白目。

小白目沒有被一刀兩斷的斬了，是因為殿下後腰吊了六個小秘書，軍將皆陳列在前的跪求殿下息怒。

所以說，人類白目起來不但沒有極限，也缺乏記性。

殿下和最強厲鬼陳守娘感情很好，沒事兒就會通通信，可以說是僅有的姊妹淘。知道殿下差點氣出毛病來，她拍胸脯保證會給予適當的懲處。

陳守娘到底是怎麼懲處呢？其實沒有人知道。

殿下知道的是，小白目火速的將文章刪光了，順便把自己的帳號也自殺了。

之十五　冥婚

殿下的小廟要辦喜事了。

為了這樁喜事，不但早早的調了個小姑娘來實習，整個廟的軍將和小秘書都快忙瘋了，光計畫書就做了好幾擔，吵得不可開交，殿下打賭，在她沒看到的角落一定還打過架。

因為幾個小姑娘嘴角掛青。她沒有罵那些軍將是因為那群弱雞體無完膚不成人形。

其實就是五個小秘書中年紀最大的那一位，被文昌君家的文吏喜歡上了，追了好多年，終於含羞帶怯的點頭，羞答答的徵求殿下同意。

殿下覺得該說些什麼……但是她想了很久，真的很久，才勉強憋出一句話，「夫妻間有話直說，千萬別客氣。」

準新娘感激涕零，奉為金玉良言。

看準新娘這麼認真，殿下剩下的話只好吞進肚子裡。

其實她真正想說的是，「萬一需要逃難，身為柔弱女人的妳還是先跑吧，不要跟對方客氣，真的。」

當年她在戰亂中能活下來還真不容易。

後來想想，不但是和平年代，還都是鬼了，應該不會有什麼危險……吧？

再說，本神在此，誰敢放肆？

殿下安穩下來。論其他的或許有欠缺，論武力和護短，嗯，她對自己有信心。

總之，這場難得的冥婚非常轟轟烈烈的展開了，辦得非常正式。不但特別到各級城隍廟報備，灑出了滿天星斗那麼多的請帖，日子還特別請大佬推算過，冬天最長最冷保證下雨沒人類願意出入的一天，可以抬花轎擺陣頭，異常喜慶的吹吹打打繞城一周，讓這場盛大的世紀冥婚在未來幾百年還讓「人」津津樂道。

嗯，對婚姻還有玫瑰色幻想也是好事，最少在破滅前還挺好的啊。殿下默默的想。

所以殿下還贊助了一首古曲〈嫁妹〉，古琴譜，意境高雅愉悅，既富有唐風，又兼顧了現代流行樂的因素，可說是當代冥婚曲第一。

只是，你知道，有種東西叫改編。

當嗩吶、牛角、鑼鈸加入，原本「十里揚花賀新郎」的意境瞬間成了「秦王破陣樂現代電音版」，底下的樂師一個比一個嗨，身為原作曲人的她心底真的有點複雜。

不想打擊他們，她委婉的建議能不能溫婉點……那些太陽剛的嗩吶牛角鑼鈸什麼的暫時不要吧。

小秘書和軍將們也是人才，迅速組成一支笙蕭鼓笛的弦樂團，相當有氣氛……保證婚禮當天方圓百里的活人都能嚇出心臟病的鬼氣森森，如泣如訴的像是要抬去跳井不是抬去結婚。

審視自己的原稿和改編稿，殿下抱著腦殼燒。

「婚禮嘛，就是求個熱鬧。嗩吶牛角鑼鈸什麼的都奏起來吧！」她氣勢萬千的拍案。

秦王破陣樂電音加強版就加強版吧，最少只會擾民不會殺人。

音樂的問題解決了，最後居然卡在鞋子的規格上。

男人的鞋子千年來千篇一律，沒什麼好說，統一穿靴子就得了。

但是女人的鞋千年來可是千變萬化啊！迎親隊伍好不容易將婀娜多姿的步法統一走順，可有的女生想穿木屐，有的想穿矮子樂，有的說她除了高跟鞋絕對不穿別的東西。

還有個小女生細聲細氣的說，「我想試試花瓶底的鞋呢。我奶奶給我燒了一雙來，咱們穿這個吧？」

鬧到殿下這兒來，剛出差抓妖魔鬼怪的殿下扁著眼睛看著這群死了都要愛美的女鬼。

「……不管穿啥，妳們的腳，學會著地了嗎？」她冷靜得有點自棄的問。

拜託，各位小姐姐，妳們都是鬼，都是用飄的，鞋子對妳們到底有什麼意義？

可是殿下收穫哀怨眼神一軍團，「殿下太討厭了！」一群小姐姐飄著嚶嚶嚶的跑掉。

最終鞋子的問題「和平」解決。這群私底下撕了無數次的伴娘們，終於不再管款式，只將顏色給統一了。

男生呢，一水兒的白衣白褲，可女孩子們一水的紅衣紅褲，該有多喜慶就能有多喜慶。雖然有莫名其妙的水袖，雖然妝容向紙人玉女看齊。

但是不同朝代的美感想統合起來已經不容易了，殿下也不想多說什麼。

直到婚禮彩排。

吹吹打打，將嫁曲整成秦王破陣樂電音加強版就不說了，問題是，這畫面，好熟呀。

記憶力很好的殿下慘白著臉孔扶額。

有部老電影偶爾還會在電影台播放，這時候誰跟小秘書搶遙控器等於想被自殺。

老電影叫「新暫時停止呼吸」，小秘書們總是看著鬼娶親的橋段羨慕的說，「我結婚時有這樣的婚禮就好了。」

殿下也就聽聽。小女孩的夢話嘛，誰會當真。

沒想到她們真的身體力行了。

那規模，可是電影的十倍不止，使用的棺材和花轎還是百分之百的真品非道具。

文吏新郎真是傾盡所有，只求盡善盡美。

只是這支盡善盡美的隊伍上街，妥妥的見者皆殺——活人的心靈是很脆弱的。

然後看著嗨得差點飄起來的伴郎伴娘和新郎新娘。殿下硬哽著脖子嚥下所有的反對。

她蒼白著臉孔去找中壇元帥借了十萬軍將當保全，務求沒有一個活人會目睹如此盛大的婚禮。

當天她親自押陣，甚至請了寒流特別在這個夜晚經過城市。

婚禮非常盛大、伴郎伴娘特別賣力，嗩吶牛角鑼鈸差點突破聲音結界。

可萬年不出廟的文昌君也鐵青著臉。陪著出來接親。

「將來哪個小王八蛋告訴我要這麼搞，我先弄死他。」向來溫文儒雅的文昌君破裂了平靜的表面。

至於殿下，眼角微微濕潤。「……我覺得，公證結婚挺好的。」

這場冥婚萬幸沒有搞出大漏子。寒流來襲天寒地凍，天上還下著冷冷的雨，任何一個智商在線的正常人都不會上街溜達。

至於那些火力太旺在外飄飄溜溜的青少年，不有十萬軍將看著嗎？

所以從頭到尾都沒有活人親眼目睹這場世紀冥婚。

可喜可賀……個鬼唷。

雖然沒有打照面，但是十萬陰間賓客，十萬軍將，量變引起質變。

那天之後，當年冬天的感冒率提升了百分之四十。

這次沒人幫陛下寫悔過書了。因為文昌君需要寫的悔過書，比陛下還厚。

寫著悔過書，不小心聽到小秘書們歡快的憧憬。

我，我還有五個小秘書。

殿下灰暗的寫著悔過書，深深的、疲倦的嘆了口氣。

之十六　被冥婚

世紀冥婚的餘波蕩漾（人手一本悔過書）終於過去，文昌君顯得異常憔悴。

也難怪，畢竟人家是文職，只管考試，哪有寒冬朔月下冰雨的晚上在外受罪，回家還有兩尺厚的悔過書等著寫。

可惜，文昌君和月老號稱休假沒門……一年四季三百六十五天信徒都沒有間斷過，所以文昌君哪怕是有點微恙都還是抱病辦公。

但是怎麼也沒想到文昌君會十萬火急的打求救電話。

事情是這樣的。還記得那個從舊金山來摔筊兼說廟裡都是鬼的小姐嗎？（詳見〈之一　愚蠢的凡人〉）

放心，她那麼強悍的氣質怎麼可能會有事，哪怕是全台的廟宇都不想鳥她，她還不想鳥這些落後地方的土神呢！

之所以她會跑來台灣上香，都是因為偉大的愛情。當時和她愛得如痴如狂天地玄黃的男朋友疑似被魔鬼纏上了，滿腔愛意的她趁著跟奶奶來台灣旅遊，一時昏頭想要迷信一下，為偉大的愛情作點貢獻。

結果惹了一肚子氣，回美國又認識了更帥的猛男，就把衰尾的男友變成前男友，從此海闊天空。

飽嘗失戀苦果的前男友，又被逼得走投無路，連夜飛回台灣，受到各種驚嚇後，一頭栽進文昌君的案下瑟瑟發抖。

「為什麼是我？為什麼？」文昌君異常淒楚，「明明我保佑他過五關斬六將，都一路出國留學了！為什麼還引這種玩意兒堵我的門?!馬的老子不會斬妖除魔啊！」

縱狂風而來的殿下望著廟外氣勢逼人的厲鬼們。血食充足，供應完全，可見是後代相當謹慎伺候過來的。

這種受香火的厲鬼最煩。

「我猜，」殿下慢條斯理的說，「苦主大概只認識你這麼一尊神。」沒事，學霸通常都這樣。

文昌君掩面。

「小姐，堵著我們家廟門有什麼指教？」殿下還是出面了。

一整排的紅紙傘讓道，穿著華貴古裝新娘服的女子蓮步姍姍，排眾而出。白紙錢、玫瑰花瓣，滿天飛舞。

「神明隱匿了妾身的夫君，難道連訴一聲苦都不行麼？妾身哪裡堵門了？也不過是站得離門近一點。」

靜默了片刻，殿下深深的吸了一口氣。

她猛然呼出一篷花火，將飛舞於空非常唯美淒美的白紙錢和玫瑰花瓣燒了個乾乾淨淨，火舌甚至撩到了靠門太近的厲鬼們，鬼新娘險些被波及。

嘖！香火吃多了撐著，跑那麼快。殿下暗暗的想。

「抱歉。」殿下毫無歉意面無表情的說，「我對花粉嚴重過敏，打了個噴嚏，就是噴噓範圍大了點……絕對不是針對妳們。」

原本纖細柔弱的新娘子現出惡鬼像，「……妳想死?!」

殿下按著腰刀冷笑，「來啊。」

「冷靜！兩位小姐！通通冷靜！」冥府駐臺大使終於趕到，強力的將劍拔弩張的兩位金框鑲龍邊的兩Boss隔開，好說歹說才將舊金山來的新娘子勸去休息。

大使望著殿下，內心悲傷成河。「殿下，末法時代，國際神明局勢更加詭譎多變，所以，可以的話……」

「嗯，這是你們的工作，我瞭解。」殿下和藹可親的說，然後她化真身喊出在案下發抖的倒楣蛋，「沒事了，跟我走，以後本……人罩你。」

「殿下！」大使和文昌君異口同聲的喊。

殿下根本沒有鳥他們，將只知道害怕，糊里糊塗的苦主帶走了。

不知道為什麼，當這個美得很莊嚴的小姐說：跟我走，這個天天惡夢時時見鬼的小可憐兒，突然心生信賴的跟著走了。

到了某個廟的後堂，苦主一把鼻涕一把眼淚的訴說，其實他真的只是拾金不昧，撿到的那個繡花錢包早上交舊金山警察局。

嘖，最煩這些只想冥婚人家的死鬼了。

但沒有辦法，惡法亦法。撿了人家的錢包，就等於成立了婚約。難怪所有神明都束手無策。

唉，同僚什麼都好，就是太爾雅斯文。

不過也不想讓大家太難做，所以她也只是將人扣著。就不信那個被慣得很壞的鬼新娘能在潮濕炎熱的台灣待個一年半載。

外面風雲變色，滿天文件亂飛，鬼新娘那邊請了高人來打官司。

官司打得挺好的，可惜公文遞進來就讓殿下放進金爐燒了。

「……妳這是耍無賴。」文昌君不敢置信的說。

「是。」殿下非常爽快的回答。

「……妳知道她在舊金山得了好地理，並且嫁過好幾個大氣運的前夫，現在背靠一個富可敵國手眼通天的家族嗎？」

殿下靜靜的看著文昌君，「那你知道我是誰嗎？」

她自問自答，「我是天界鎮守邊關娘子軍總都頭，現下凡代班臨水夫人一職。我沒有嫁過大氣運的男人，也沒有顯赫的家族。我只是一個小小的地方神，而那個混蛋女鬼想要帶走我庇佑的人。」

「她，憑什麼？」

「就憑她想嫁人？」

「就憑她隨便扔了個破荷包？」

「就憑她家的律師還是法師很罩？」

殿下的笑容異常輕蔑，用拇指指著自己的胸膛，「來，沒事。咱們先練練，贏的人說話。」

「……馬的妳這是武將思維啊！」文昌君沮喪，「有時候金錢權勢還是很罩的！妳無法一拳破開一切！把那孩子交給我吧，他是我的信徒，是我的責任……」

「你只要幫我把悔過書寫好就行了。」殿下漫應，「還有，你能保佑信徒考上律師和法官，卻不會打官司追漏洞，真讓我吃驚。」

殿下的反擊非常犀利。她連跟鬼新娘對話都毫無興趣，只是致函各大機關，想知道鬼新娘是用什麼身分、途徑入境。

首先，舊金山只有她的神主牌，屍骨卻原安葬在大陸。可十年文革墳墓早被刨了，所以她到底鬼籍何處呢？

如果她是美國鬼，請美國方面出具合法文件讓其暫時居留。如果她是大陸鬼，也請大陸出具合法文件。

再說了，冥府又不是垮了，她這麼一個鬼籍不明的孤魂野鬼為何不去報到？

於是官司正式進入雞同鴨講的大混戰時代。鬼新娘庇佑家族興旺幾百年，家裡對這位姑奶奶真是盡心盡力要啥給啥，也將這位小姐的脾氣慣得非常嬌貴。

當然，也相當沒耐性。

於是鬼新娘自信滿滿的帶著幾百厲鬼闖關奪夫。等待已久的殿下蹲身橫劈了一刀。

非常安靜，只有雷光紫電一閃。

幾百厲鬼和修行得接近私神的鬼新娘灰飛煙滅，一點渣也沒有。

對著虛無，殿下平聲靜氣，「好了，練過手了，可以談談了。」

旁觀的文昌君扶額，覺得腦漿在沸騰。

所有同僚都悲傷的認為，昭殿下的天牢坐定了。

人間不值得。

但是悲傷著悲傷著，上面遲遲沒有處分，連悔過書都沒叫寫。

「屬下知道殿下情有可原，但是一點處罰都沒有也太過了。」某天城隍判官對著城隍爺發牢騷。

城隍爺冷笑兩聲。「你知道現在的天牢叫做新天牢，旁邊有個半塌的廢墟是舊天牢吧？」

「是啊。」判官納悶，「明明那兒寸土寸金，廢棄那麼大片的舊天牢不知道為啥。」

「唉。」城隍嘆了口氣，「咱們的殿下，特麼太有能耐，也特麼太護短。」

成神兩百多年，昭殿下還是個嶄新的新神官。帶著娘子軍鎮守邊關，行事也很低調。

某天，她麾下女兵放假結伴到天都逛街，被一群神二代的小紈褲調戲。你說殿下的兵能肯嗎？自然而然飽以粉拳。

明明是互毆，可是有身家有背景的神二代被帶回家上藥，女兵們卻被投入天牢。

一開始，昭殿下是想講道理的。但是天界官僚的話術實在是太迂迴婉轉，講了一天什麼結果也沒有。

於是昭殿下自己去天牢接人了。

她一刀，只一刀，將天牢劈毀了一半多，偏偏一個人也沒傷到，帶上她的兵，走了，只給玉皇大帝留了個奏折。

寫些什麼呢？不得而知。但是不管她寫什麼都沒有被毀天牢來得驚悚。

這毀了一半多的天牢，拆，拆不了，剩下的部分像是長在大地上的石頭，連根釘子都拔不出來。

但是修呢？也修不了。不管你用什麼樣的天材地寶意圖補強，通通從刀口處消失，不知道被抹殺到哪個異次元。

玉皇大帝勃然大怒，將那幾個惹事的紈褲拖來打了頓板子，就在可怕的舊天牢廢墟旁蓋了新天牢，讓這群紈褲天天從窗戶就可以看到岌岌可危的恐怖廢墟。

從此昭殿下一戰成名。副作用是全天都的紈褲子弟數量急遽的消失。

回憶自此，城隍爺喝了口茶，「小鄭啊，」他親切的喊著判官，「你若覺得自己的房子住厭了，嚼嚼殿下的舌根就算了，可本官的城隍廟還挺舒適的，別給我惹禍好麼？」

判官乾笑。

殿下並不知道有人在背後嚼說，沒人逮她回天庭，她也暗暗欣慰。說來都是她不好，做了錯誤的示範。萬一她被抓往天牢……她怕娘子軍會來招大劫法場之類，那就不太懂事了。

只有一個事兒讓她不大滿意。

這件事不知道是誰、怎麼傳出去的，最後版本扭曲得異常扭曲。

一開始只是有人不想被冥婚來躲案桌下，這是小事，殿下也超討厭這種強買強賣，隨手處理，沒事。

後來是交了人渣分不了手，就跑來躲在案桌下。這……這好像也是強買強賣，殿下捏著鼻子勉強管了。

可是案桌下只有張八仙桌大小，能躲的人實在不多。她以為會吵架打架惹得她很煩躁……結果這些倒楣蛋互助互愛……最早看對眼的那對今年要生小孩了。

可能是上段感情被人渣搓磨的太厲害，準媽媽的身體不太好，強烈孕吐還有先兆性流產。

她終於正確代班了一回，像是真正的臨水夫人全程看護，保佑母女皆安。

能履行真正的代班內容，著實不容易啊。

（殿下的日常 完）

國家圖書館出版品預行編目資料

殿下的日常 / 蝴蝶Seba著.
-- 初版. -- 新北市 : 雅書堂文化, 2020.04
面； 公分. -- (蝴蝶館 ; 84)
ISBN 978-986-302-535-1(平裝)

863.57 109003463

蝴蝶館 84

殿下的日常

作　　者／蝴蝶Seba
發 行 人／詹慶和
文字編輯／蔡毓玲
編　　輯／劉蕙寧・黃璟安・陳姿伶・陳昕儀
封面設計／古依平
內文排版／陳麗娜
美術編輯／周盈汝・韓欣恬

出版者／雅書堂文化事業有限公司
郵政劃撥帳號／18225950
戶名／雅書堂文化事業有限公司
地址／新北市板橋區板新路206號3樓
電子信箱／elegant.books@msa.hinet.net
電話／（02）8952-4078
傳真／（02）8952-4084

2020年04月初版一刷　定價220元

經銷／易可數位行銷股份有限公司
地址／新北市新店區寶橋路235巷6弄3號5樓
電話／(02)8911-0825
傳真／(02)8911-0801

Seba · 蝴蝶

Seba・蝴蝶